Jan Andersen

Dusty ist der Beste

Jan Andersen

Dusty ist der Beste

Vignetten von
Cathy Ionescu

cbj

Für Lotta, Abby, Spot, Carlos und Akira

Such, Dusty, such!«

Immer wieder streicht Paul ihm über den Kopf und versucht, ihn auf dem schmalen Waldweg weiterzulocken.

»Jetzt komm schon, du kannst das! Du hast die beste Nase von allen, du musst sie finden. Such, Dusty, such!«

Natürlich weiß er ganz genau, was Paul von ihm will. Aber er tut trotzdem so, als würde er Paul nicht verstehen. Es geht nicht anders, auch wenn Paul enttäuscht von ihm ist.

Also läuft er nur ein paarmal im Kreis und scharrt ein bisschen in dem trockenen Laub. Dann schnüffelt er lange an dem umgestürzten Baumstamm, der quer über dem Weg liegt.

»Hast du eine Spur?«, ruft Paul sofort. »Ist sie hier gewesen? Such weiter, du machst das gut!«

Er winselt leise, damit Paul auch wirklich auf ihn achtet. Gleich darauf springt er mit einem einzigen Satz über den Stamm hinweg, auf der anderen Seite wartet er mit schief gelegtem Kopf auf Paul.

Paul klettert auch sofort hinter ihm her und lobt ihn wieder.

»Du machst das gut, Dusty. Sehr gut! Zeig mir, wo wir jetzt hinmüssen!«

Ganz kurz hebt er noch sein Bein und pinkelt an den Stamm, dann drückt er die Nase auf den Boden und läuft los. So schnell, dass Paul kaum hinter ihm herkommt. Erst noch ein Stück auf dem Weg lang, bis zu dem Gestrüpp mit den fiesen Dornen. Da biegt er nach rechts ab, über trockene Äste und Wurzeln und Steine zwischen den Bäumen hindurch.

»Warte! So schnell kann ich nicht«, hört er Paul hinter sich rufen.

Ganz kurz überlegt er, ob er einfach weiterrennen soll, ohne sich um Paul zu kümmern. Aber dann würde Paul die Richtung kennen, in der er weggelaufen ist. Und das wäre zu gefährlich! Wenn Paul die anderen holt und sie alle zusammen den Wald absuchen, würden sie vielleicht tatsächlich irgendwelche Spuren finden. Und vielleicht sogar den richtigen Weg zu dem Versteck. Aber genau das dürfen sie nicht. Deshalb muss er Paul ablenken. Er muss so tun, als ob er überhaupt nichts kapiert hätte. Damit Paul wieder umdreht, um irgendwo anders zu suchen. Und er weiß auch schon, wie er das am besten hinkriegt!

Er läuft noch ein paar Meter weiter, bis er einen Stock gefunden hat, der genau richtig ist. Er nimmt den Stock in die Schnauze und läuft zurück zu Paul, der gerade keuchend zwischen den dunklen Tannen vor ihm auftaucht.

Schwanzwedelnd legt er Paul den Stock genau vor die Füße und setzt sich auf die Hinterbeine. Als würde er nur darauf warten, dass Paul den Stock aufhebt und für ihn wegwirft.

»Hä?«, macht Paul und starrt erst ihn an und dann den Stock. »Sag mal, spinnst du?«, ruft er empört. »Wir spielen doch jetzt nicht Stöckchen werfen! Mann, Dusty, du sollst die Spur suchen, keine Stöckchen.«

Jetzt klingt seine Stimme fast, als würde er vor Enttäuschung gleich weinen.

Er bellt kurz, dann nimmt er den Stock wieder zwischen die Zähne und wirft ihn selber ein Stück in die Höhe.

»Vergiss es«, sagt Paul und schiebt seine Hände in die Hosentaschen. »Echt, was ist los mit dir? Kriegst du gar nichts mehr auf die Reihe?«

Er sieht, wie Paul die Lippen zusammenpresst und verärgert den Kopf schüttelt. Ohne noch etwas zu sagen, dreht er sich um und läuft zurück zum Weg. Paul ist sauer auf ihn, so viel ist klar. Aber das wollte er ja. Nur so kann er es hinkriegen, dass Paul endlich aufgibt.

Er schnappt wieder nach dem Stock und trägt ihn hinter Paul her. Als Paul sich noch einmal umdreht und sieht, dass er immer noch den Stock durch die Gegend schleppt, tippt er sich nur an die Stirn.

»Mann, Mann«, nuschelt er vor sich hin. »Findest du das jetzt etwa witzig, oder was? Ich habe allen erzählt, dass du das hinkriegst und wir sie bestimmt finden. Und jetzt kommen wir mit einem Stöckchen nach Hause! Super, wirklich, bravo!«

Er folgt Paul noch bis zum Waldrand. Bis er sich sicher ist, dass Paul wirklich nach Hause läuft. Dann lässt er den Abstand immer größer werden. Und auf der Wiese kurz vor den Häusern schlägt er einen Bogen, als wollte er einfach nur noch ein bisschen durch das hohe Gras laufen und ein paar Halme ablecken.

Aber Paul blickt sich sowieso nicht mehr nach ihm um, sondern tut so, als gäbe es ihn gar nicht.

Er wartet, bis Paul auf den Weg zu ihrem Haus einbiegt. Dann dreht er sich um und rennt los. Zurück zum Wald.

1. Kapitel

»Das war nichts«, sagt Paul, als er bei sich zu Hause in die Küche kommt. »Dusty spinnt irgendwie. Ich glaube, er hat überhaupt nicht kapiert, was er machen soll.«

»Das ist ja merkwürdig«, sagt Pauls Vater. »Aber vielleicht hast du dich geirrt. Vielleicht ist sie gar nicht im Wald. Sie kann sich sonst wo verkrochen haben!«

»Genau!«, ruft Karlotta. »Und deshalb kann Dusty auch gar nichts dazu, dass er sie nicht gefunden hat.«

»Mann, Karlotta«, regt sich Paul auf und wirft seiner kleinen Schwester einen bösen Blick zu. »Er hat ja noch nicht mal gesucht. Sondern er wollte die ganze Zeit nur Stöckchen spielen, der Spinner!«

»He!«, mischt sich Pauls Mutter ein. »Jetzt reg dich mal wieder ab und hör auf, dich über Dusty zu ärgern. Wahrscheinlich hat Peter recht. Sie ist vielleicht wirklich nicht im Wald. Also setz dich erst mal hin und iss was. Dabei können wir weiter überlegen, was wir jetzt machen.«

Simone streicht Paul kurz über die Haare. Dann lädt sie ihm den Teller so voll, dass man meinen könnte, sie hätte Angst, er würde verhungern.

Es ist Sonntag Mittag. Und wie immer sonntags hat Simone gekocht. Was deutlich besser schmeckt, als wenn Peter am Herd stand. Heute gibt es Buletten aus schwarzen Bohnen und Nüssen und dazu Möhren aus dem Garten und Kartoffelbrei. Eigentlich fast Pauls Lieblingsessen, gleich nach Spaghetti mit scharfer Soße. Aber er hat trotzdem keinen Hunger. Lustlos stochert er in den Buletten herum.

»Frau Besenbinder hat sie gesehen«, beharrt er. »Auf dem Weg, der in den Wald führt. Sie ist sich absolut sicher!«

»Unsere Nachbarin ist kurzsichtig, falls du das vergessen hast«, erklärt Karlotta mit vollem Mund. »Neulich hat sie sogar ihren Kater nicht erkannt, als der draußen an der Gartentür auf dem Briefkasten gelegen und gepennt hat. Echt, ich war dabei! Sie hat gedacht, es wäre irgendeine fremde Katze, und wollte schon den Besen aus dem Schuppen holen, um ihren eigenen Kater zu vertreiben. Nur weil der vorher wieder mal am Goldfischteich gewesen war und reingefallen ist! Und deshalb war sein Fell ganz nass, und er war nur halb so groß wie sonst, und sie hat ihn nicht erkannt und …«

»Karlotta!«, ruft Peter dazwischen. »Es ist gut, wir haben es kapiert.«

Karlotta verzieht ihr Gesicht, als wäre sie beleidigt. Sie schiebt einen Bissen Kartoffelbrei auf ihre Gabel – aber dann lässt sie die Gabel plötzlich fallen und fängt an zu schluchzen.

»So böse hat Papa das doch gar nicht gemeint«, versucht Simone ihre Tochter zu beruhigen. »Deshalb musst du doch nicht gleich weinen …«

»Deshalb weine ich doch auch gar nicht«, schluchzt Karlotta.

»Und weshalb dann?«, fragt Peter.

»Wegen Bella! Jetzt ist sie irgendwo, und keiner weiß, wo, und vielleicht kommt sie nie wieder. Und dann sehen wir auch nie ihre Babys und überhaupt ist alles doof. Warum ist sie nur abgehauen? Das hätte sie nicht machen dürfen …«

»Du weißt doch, weshalb sie weg ist«, sagt Paul leise. »Ich habe dir doch erzählt, was Alex gesagt hat.«

»Wegen der blöden Handwerker, richtig?«, fragt Karlotta und wischt sich die Tränen aus den Augen. »Doofe Handwerker! Und die haben mit ihrer

Bohrmaschine so viel Lärm in der Wohnung gemacht, dass Bella Angst bekommen hat. Und jetzt ist sie ganz alleine und …« Karlotta fängt wieder an zu schluchzen.

»Sie kommt bestimmt zurück«, sagt Peter hilflos. »Sie weiß ja, wo ihr Zuhause ist.«

»Und wenn sie den Weg nicht findet? Außerdem hat sie vielleicht schon ihre Babys und die sind blind und können noch nicht laufen! Wie soll Bella das denn alleine schaffen?«

Bella ist die kleine, schwarze Hündin, die Pauls beste Freundin Alex aus dem Tierheim hat. Und vor ein paar Wochen ist Bella immer dicker geworden. Bis klar war, dass sie Junge kriegt! Alex hat ihr mit einer alten Decke und einem Kissen einen schönen Platz bei sich in der Küche gebaut. Und sich von der Tierärztin genau erklären lassen, worauf sie achten muss, wenn es so weit ist.

Paul und Dusty waren auch ein paarmal da, um Bella zu besuchen. Dusty hat ihr immer wieder mit der Zunge über die Schnauze geleckt, als wollte er ihr versichern, dass er sich freut. Und Paul hat nur gestaunt, wie dick Bellas Bauch war.

Natürlich haben Paul und Alex auch überlegt, wer wohl der Vater von Bellas Baby sein könnte. Bella hat viel mit anderen Hunden gespielt, am liebsten jedoch mit Dusty. Weil Dusty und Bella auch so was wie beste Freunde sind. Genau wie Paul und Alex!

Aber Alex war sich sicher, dass sie genau aufgepasst hat, als Bella läufig war, sie nicht von der Leine gelassen hat! Na ja, bis auf das eine Mal, als Alex mit ihr in dem alten Garten ihrer Oma war ... Da hat Bella ihren Kopf aus dem Halsband gezogen und ist weggelaufen. Nach ein paar Stunden ist sie wieder aufgetaucht. Der Garten ist nicht weit von Pauls Zuhause entfernt. Und Dusty springt manchmal hinten über den Zaun und strolcht ein bisschen in der Gegend rum. Es könnte also durchaus sein, dass Dusty ...

»Wo ist Dusty überhaupt?«, fragt Simone mitten in Pauls Gedanken hinein.

»Hä?«, macht Paul. »Wieso ...« Im selben Moment merkt er, wie ihm der Schweiß ausbricht.

»Ihr seid doch beide zusammen zurückgekommen, oder nicht?«, fragt Peter.

»Ja, klar, aber ...«, stammelt Paul, ohne seinen Satz zu beenden.

»Aber was?«, will sein Vater wissen.

Paul schluckt heftig. Er war so sauer auf Dusty, dass er sich noch nicht mal nach ihm umgedreht hat, als er zurück nach Hause gelaufen ist.

»Ich habe gedacht, er ist hinter mir hergekommen und … im Garten oder so.«

Karlotta springt auf und rennt zur Terrassentür. »Dusty!«, ruft sie in den Garten. »Dusty, wo bist du? Komm her, es gibt was zu fressen. Lecker, lecker, komm!«

Aber Dusty kommt nicht wie sonst bellend angerannt. Und noch bevor sie alle nach draußen laufen, um den Garten abzusuchen, weiß Paul schon, dass sein Hund nicht da ist. Und es ist seine Schuld, weil er nicht auf Dusty geachtet hat.

Es dauert nicht lange, bis er die Spur wiedergefunden hat. Nur an der Wegkreuzung ist er unsicher, weil da noch so viele andere Spuren sind, die von allen Seiten kommen. Erst als er in einem großen Kreis alles abgesucht hat, nimmt er Bellas Geruch wieder auf.

Mit der Nase dicht über dem Boden läuft er weiter, bis er zur Straße kommt. Als er hinter dem Parkplatz das Tor zum Waldschwimmbad sieht, sträubt sich sein Nackenfell, und er trappelt unruhig auf den Vorderpfoten, ohne sich von der Stelle zu bewegen. Er kennt das Schwimmbad ja – und es macht ihm Angst. Er weiß noch genau, was da passiert ist. Der Ort ist gefährlich!

Er zittert jetzt am ganzen Körper und würde am liebsten wegrennen. Aber das geht nicht. Er muss Bella finden. Er weiß ja, dass sie irgendwo im Wald ist und sich versteckt.

Er ist so nervös, dass er nur immer wieder die Nase auf den Boden drückt, ohne etwas anderes zu riechen als Reifengummi und Öl. Und irgendwelche Tiere aus dem Wald und … Fußspuren! Und die Fußspuren sind ganz frisch, irgendwo in der Nähe müssen Leute sein. Aber das Schwimmbad hat geschlossen und es stehen auch keine Autos auf dem Parkplatz.

Im nächsten Moment hört er laute Stimmen, die vom Schwimmbad herkommen und sich schnell nähern. Er springt über den Graben und duckt sich hinter das Gebüsch auf der anderen Seite. Vorsichtig schiebt er den Kopf zwischen den Zweigen hindurch, bis er die Straße überblicken kann.

Die Typen, die da gerade über den Zaun vom Schwimmbad klettern, hat er noch nie vorher gesehen. Sie sind zu dritt und sie sind alle älter als Paul. Einer von ihnen tritt noch mal mit voller Wucht gegen das Tor, das laut scheppert. Die anderen lachen und rufen irgendwas. Dann kicken sie eine leere Dose über den Parkplatz. Immer hin und her, bis die Dose in hohem Bogen durch die Luft fliegt und in dem Graben direkt vor ihm landet.

Im nächsten Augenblick haben sie ihn entdeckt.

»He, guckt mal, Leute«, ruft einer von ihnen. »Hier ist ein Hund oder so was! – Na los, komm, Kleiner«, versucht er, ihn an den Rand des Grabens zu locken. »Braver Hund! Komm schön her, ich hab was Feines für dich …«

Aber er ist vorsichtig. Er duckt sich und schiebt sich auf den Vorderpfoten ein bisschen näher, um zu sehen, ob der Typ wirklich etwas für ihn in der Hand hat. Ein Stöckchen vielleicht. Oder einen Tennisball! Oder vielleicht sogar etwas zu fressen …

Doch da springt der Typ plötzlich auf und wirft mit einem Stein nach ihm. Er kann nicht schnell genug ausweichen – und der Stein trifft ihn an der Schulter! Vor Schmerz heult er kurz auf und rennt mit eingeklemmtem Schwanz davon.

Hinter sich hört er noch, wie die Typen grölen. Bis es endlich still ist und die ersten Vögel sich wieder zu zwitschern trauen.

Er leckt sich über die schmerzende Stelle an der Schulter und dreht noch mal mit gespitzten Ohren den Kopf nach allen Seiten. Er will sicher sein, dass die Typen nicht hinter ihm herkommen. Erst dann fängt er erneut an, nach Bellas Spur zu suchen. Und er hat Glück. Nur ein paar Meter weiter kann er deutlich riechen, dass sie hier war.

Sie ist im Bogen hinter dem Schwimmbad entlanggelaufen. Und dann immer weiter in den Wald hinein, bis zu der Stelle bei den Felsen, wo der Sturm im Frühjahr die Bäume kreuz und quer durcheinander geworfen hat. Überall zwischen den großen Steinen liegen umgestürzte Baumstämme, Wurzelballen ragen in die Luft, dazwischen sind tiefe Löcher, in denen sich das Regenwasser gesammelt hat.

Er klettert auf einen der Stämme und spitzt die Ohren. Dann legt er den Kopf in den Nacken und bellt kurz. Als keine Antwort kommt, springt er wieder auf den Boden und quetscht sich zwischen den Zweigen hindurch.

Vorsichtig umrundet er ein Wurzelloch und kann gerade noch zurückweichen, als die Erde und die scharfkantigen Steine unter seinen Pfoten wegbröckeln. Gleich darauf hört er ein leises Fiepen.

2. Kapitel

Paul weiß genau, dass seine Eltern ziemlich sauer auf ihn sind. Und Karlotta sagt jetzt schon zum dritten Mal: »Echt klasse, was du da gemacht hast. Aber bei mir behaupten immer alle, ich wäre noch zu klein, um mich alleine um einen Hund zu kümmern. Ich soll lieber schön brav mit meinen Kaninchen spielen! Dabei ist ja jetzt wohl klar, dass du es nicht draufhast. Mir wäre das jedenfalls nicht passiert, dass ich Dusty vergesse.«

Paul presst nur seine Lippen aufeinander und gibt keine Antwort. Er hat Mist gebaut. Und es tut ihm leid, dass er nicht darauf geachtet hat, ob Dusty wirklich hinter ihm her nach Hause läuft. Aber das hilft jetzt auch nichts mehr. So wie es jetzt aussieht, ist er schuld daran, dass Dusty noch mal zurück in den Wald gelaufen ist. Das würde zu Dusty passen. Bestimmt hat sein Hund gemerkt, dass er nicht zufrieden mit ihm war. Und versucht jetzt, alles wiedergutzumachen.

»Kann es sein, dass Dusty vielleicht doch begriffen hat, was ich von ihm wollte?«, fragt er verzweifelt. »Also ich meine … Ich kapiere nur einfach nicht, warum er dann nicht gleich …«

»Vielleicht hat er ganz zufällig Bellas Spur gefunden«, überlegt Simone laut. »Wenn sich Frau Besenbinder nicht geirrt hat und Bella wirklich in den Wald gelaufen ist, dann könnte das gut sein.«

»Und dann ist er jetzt alleine im Wald und Bella genauso. Und das alles nur, weil mein blöder Bruder …« Karlotta verzieht das Gesicht, als würde sie gleich wieder weinen.

»Das mit dem blöden Bruder möchte ich nicht gehört haben«, sagt Peter. »Und jetzt passt mal auf! Wir machen erst mal gar nichts, sondern warten ein, zwei Stunden, ob Dusty von alleine zurückkommt. So wie bisher. Ich glaube nicht, dass er Bellas Spur gefunden hat. Ich glaube, er hat eher ein schlechtes Gewissen, weil Paul mit ihm geschimpft hat. Aber spätestens wenn er Hunger kriegt, wird er schon wieder auftauchen.«

»Und wenn nicht?«, fragt Paul.

»Dann trommeln wir alle Nachbarn zusammen und suchen ihn.«

»Wir stellen ihm sein Fressen hinten im Garten an den Zaun«, schlägt Karlotta vor. »Dann weiß er, dass wir nicht böse auf ihn sind.«

»Gute Idee«, meint Simone.

»Aber was machen wir mit der armen Bella? Die ist ja trotzdem weg und ...«

Im selben Moment klingelt Pauls Handy. Alex ist dran!

»Habt ihr sie gefunden? Bitte sag, dass ihr sie gefunden habt.«

»Nein«, stammelt Paul. »Noch nicht. Und das Problem ist, dass ... Also, Dusty ist jetzt auch verschwunden.«

»Was? Seit wann?«

»Seit wir vorhin im Wald waren, um Bella zu suchen ...«, setzt Paul an, aber da brüllt Karlotta schon dazwischen. »Paul hat keine Ahnung von Hunden! Das ist das Problem!«

Zehn Minuten später ist Alex bei ihnen. Ihr Gesicht sieht ziemlich verheult aus – und Paul würde am liebsten auch heulen!

Alex erzählt, wo sie überall gesucht hat. »Ich war auch in dem alten Garten von meiner Oma, weil ich dachte, dass sie sich da vielleicht versteckt hat. Da ist sie aber nicht. Und ich habe alle Leute gefragt, die ich getroffen habe. Niemand hat sie gesehen. Auch nicht die Typen, die ich gerade am Fußballplatz getroffen habe. Die haben nur dumme Sprüche gemacht und mich sogar noch ausgelacht!

Wuffwuff, haben sie gerufen, *wo ist denn dein Fiffi?* Keine Ahnung, was das überhaupt für Typen sind. Ich hab sie auch noch nie vorher gesehen. Vielleicht kommen sie aus den neuen Häusern neben der Schule und sind gerade erst hierhergezogen. Auf jeden Fall glaube ich, dass sie ziemlich fies sind. Ich habe sogar schon überlegt, ob es sein kann, dass …«

Sie blickt Paul so entsetzt an, dass er sofort weiß, was sie meint.

»Dass sie … Bella vielleicht geklaut haben?«

»Das ist doch nun wirklich Unsinn«, mischt sich Peter ein. »Warum sollten sie das getan haben?«

»Nur so vielleicht. Weil sie das … cool fanden oder so. Fies genug wären sie, echt! Ihr habt sie ja nicht gesehen …«

»Das ist Unsinn«, sagt jetzt auch Karlotta. Sie blickt schnell zu ihren Eltern, als würde sie darauf warten, gelobt zu werden, bevor sie erklärt: »Ich weiß, was passiert ist. Und ihr müsst einfach nur mal nachdenken, dann kommt ihr auch drauf. Dusty ist ja schlau! Bestimmt hat er Bellas Spur gefunden, aber dann hat er Angst gehabt, dass sich Bella erschrickt, wenn Paul plötzlich auftaucht. Weil sie denkt, dass er ihre Jungen wegnehmen will. Sie kommt aus dem Tierheim, sie hat schon schlimme Sachen erlebt, und sie traut niemandem außer Alex. Das weiß Dusty natürlich auch. Und deshalb … deshalb musste er Paul reinlegen. Nur dass Paul es ja leider nicht kapiert hat!«

»Haha«, macht Paul. »Sehr witzig.« Manchmal ist ihm Karlotta wirklich ein Rätsel. Eben hat sie noch geheult und gedacht, dass sie Dusty nie wiedersieht, und im nächsten Moment tut sie so, als ob alles völlig in Ordnung wäre. Und als ob Paul der Einzige wäre, der es nicht kapiert.

»Lass deine Schwester mal eben ausreden«, sagt Simone. »Und weiter?«, fragt sie dann Karlotta.

»Dusty hat Bella natürlich gefunden. Und jetzt passt er auf sie auf, damit ihr nichts passiert, wenn sie ihre Jungen bekommt. Alles klar? Wir müssen uns überhaupt keine Sorgen machen. Dusty kriegt das schon hin. Aber wir sollten eine doppelte Portion in den Garten stellen, damit er was davon zu Bella bringen kann. Und wenn sie ihre Jungen gekriegt hat, bringt er sie bestimmt hierher. Bella und … was glaubt ihr, wie viele Junge wird sie bekommen? Und können wir dann wenigstens eins davon behalten? Kriege ich eins von ihren Kindern, nur für mich?«

Das Fiepen kommt von der anderen Seite der umgestürzten Tanne vor ihm. Er winselt beruhigend und zwängt sich durch die Zweige, bis er den Erdhügel hinter dem Loch sehen kann, das von den Wurzeln stammt. Dicht über dem Boden hat irgendein Waldtier eine Höhle gebuddelt. Und in der sandigen Mulde vor dem Eingang liegt Bella und wedelt leise mit dem Schwanz, als sie ihn erkennt. Dann dreht sie wieder den Kopf zu ihrem Bauch, und erst jetzt sieht er, dass da noch etwas ist, halb von ihrem Fell verdeckt. Ein winziger Hund! Genauso schwarz wie Bella, aber mit weißen Pfoten und einer weißen Schwanzspitze.

Als er sich den beiden langsam nähert, hört Bella für einen Moment auf, das kleine Fellbündel abzulecken, und blickt stolz zu ihm.

Er legt den Kopf schief und spitzt die Ohren, bis Bella ihm erlaubt, an ihrem Jungen zu riechen. Ganz vorsichtig drückt er seine Schnauze in das feuchte Fell und atmet den Geruch tief ein, dann leckt er dem Kleinen mit der Zunge über die geschlossenen Augen und die winzige, feuchte Nase.

Aber gleich darauf meint er plötzlich, ein Geräusch

zu hören. Mit einem Satz springt er auf den Erdhügel hinauf und blickt sich um. Aber da ist nur eine Amsel, die laut schimpfend davonfliegt. Er will gerade wieder zu Bella und ihrem Jungen hinabsteigen, als er einen stechenden Geruch wahrnimmt. Und da sind auch überall frische Spuren auf dem weichen Waldboden, die bis zu dem Sand vor der Höhle führen. Aber der Geruch ist zu stark, um nur von den Pfotenabdrücken zu stammen! Unruhig hebt er die Nase, bis er sich sicher ist, dass er sich nicht geirrt hat. Irgendwo ganz in der Nähe muss ein fremdes Tier sein.

Jetzt knackt ein Zweig hinter ihm. Als er herumfährt, sieht er die beiden Augen, die ihn zwischen den Blättern hindurch anstarren. Er weicht ein Stück zurück und knurrt warnend. Aber das Tier zwischen den Büschen verschwindet nicht, sondern knurrt jetzt ebenfalls. Und dann macht es einen Schritt auf ihn zu und er kann deutlich die spitze, aufgerissene Schnauze mit den scharfen Zähnen erkennen. Und die großen Ohren und das rotbraune Fell – da steht ein Fuchs vor ihm! Ein Fuchs, der wütend ist, weil Bella sich ausgerechnet den Eingang zu seiner Höhle ausgesucht hat, um ihr Junges zu bekommen.

Er duckt sich und richtet sein Nackenfell auf.

Ohne den Fuchs aus den Augen zu lassen, steigt er rückwärts Schritt für Schritt nach unten, bis er sich breitbeinig vor Bella und das hilflose Hundebaby stellt, um sie zu verteidigen.

Der Fuchs folgt ihm bis zur Kante und steht jetzt keine zwei Meter entfernt über ihm. Bella winselt ängstlich und packt ihr Junges mit den Zähnen im Nacken, um es weiter in die Höhle zu ziehen.

Der Fuchs bellt heiser und schnappt immer wieder knurrend mit den Zähnen in die Luft. Er wird jeden Moment angreifen!

Es gibt nur eine Möglichkeit. Er muss irgendwie wieder auf den Erdhügel hoch – und mit dem Fuchs kämpfen. Noch einmal dreht er sich beruhigend zu Bella, die sich schützend vor ihr Junges gelegt hat und zitternd und mit angstvoll aufgerissenen Augen den Fuchs beobachtet, der an der Kante auf und ab läuft, als würde er nur auf den richtigen Moment warten, um nach unten zu springen.

Er knurrt tief unten in der Kehle, dann duckt er sich und spannt die Muskeln an. Der Fuchs bleibt stehen und beobachtet ihn argwöhnisch. Aber gerade als er sich mit den Hinterpfoten abdrücken will, um nach oben zu springen, fällt ein Schuss. Und gleich darauf noch einer. Der Fuchs jault auf und ergreift die Flucht. Ein dritter Schuss hallt durch den Wald, diesmal reißt die Kugel ein Stück Baumrinde von dem Stamm oben auf dem Hügel. Dann ist wieder Stille.

Er spitzt die Ohren und dreht den Kopf, aber er kann nicht das geringste Geräusch hören. Der Fuchs ist verschwunden. Und auch sonst ist da niemand, keine Schritte, keine knackenden Äste, nichts. Ein Zittern läuft über seinen Körper.

Erst als Bella leise fiept, dreht er sich zu ihr und leckt ihr mit der Zunge ein paar Mal übers Ohr, um sie zu beruhigen. Aber seine Augen wandern unablässig über den Rand der Kuhle und die Büsche und Bäume dahinter. Und er hat weiter alle Muskeln angespannt, um rechtzeitig reagieren zu können, falls plötzlich doch noch jemand kommt.

Er kennt den peitschenden Knall von Schüssen, und er weiß, dass Schüsse immer eine Gefahr bedeuten. Als er mal mit Paul unterwegs war, haben sie auch Schüsse gehört. Und Paul hat ihn ganz schnell zu sich gerufen und an die Leine genommen. Dann haben sie das Reh gefunden, das mit einer blutenden Wunde am Hals im Gras lag. Und verzweifelt mit den Beinen gezuckt hat, als ob es immer noch weglaufen wollte. Als der Jäger mit dem Gewehr dazukam, hat er Paul angebrüllt, dass sie aus dem Wald verschwinden sollten. Und auf dem Weg nach Hause hat Paul die ganze Zeit geheult. Er hat es ganz genau gesehen, obwohl Paul immer den Kopf zur Seite gedreht hat, als wollte er nicht, dass er etwas merkt.

Als er an Paul denkt, weiß er plötzlich, was er jetzt tun muss. Hier können sie jedenfalls nicht bleiben. Nicht nur wegen der Schüsse, sondern auch wegen des Fuchses, der bestimmt zu seiner Höhle zurückkommt …

Er stößt Bella mit der Schnauze an. Dann rennt er ein paar Schritte in die Kuhle hinein und blickt sich zu ihr um, damit sie ihm folgt. Aber Bella winselt nur und zieht ihr Junges noch ein Stück weiter in den Eingang der Höhle.

Er läuft zurück und will das Kleine jetzt selber im Nackenfell packen, um es zu tragen. Da schnappt Bella mit den Zähnen nach ihm und erwischt ihn am Ohr. Vor Schmerz jault er auf und springt ein Stück zur Seite. Bella stellt sich vor ihr Junges und knurrt ihn böse an.

Er winselt und wedelt mit dem Schwanz, um ihr zu zeigen, dass er nichts Böses will. Aber sie zieht nur die Lippen weit über die Zähne zurück und knurrt wieder. Sie hat Angst! Und sie versteht nicht, dass sie mit ihm mitkommen soll.

Er klettert den Abhang hinauf, dann läuft er dicht

an der Kante entlang noch einmal um die Kuhle herum. Als er zu Bella blickt, leckt sie wieder ihr Junges ab.

Ohne auf die spitzen Nadeln zu achten, zwängt er sich zwischen den Zweigen hindurch und springt über den umgestürzten Baumstamm. Dann fängt er an zu rennen, so schnell er kann.

3. Kapitel

Als Dusty angehetzt kommt, sind Paul und Karlotta gerade im Garten. Karlotta lässt den Futternapf einfach fallen und schlingt Dusty die Arme um den Hals.

»Dusty!«, ruft sie immer wieder. »Ich wusste, dass du schlau bist und zurückkommst! Aber wo ist Bella? Hast du sie nicht gefunden? Was ist los mit dir? Warum zitterst du so? He, warte, bleib bei mir! Wo willst du denn hin?«

Mit einem Ruck zieht Dusty den Kopf aus Karlottas Umarmung und springt an Paul hoch, um ihm übers Gesicht zu lecken.

»Entschuldigung«, stammelt Paul und kniet sich hin. Ganz fest drückt er sein Gesicht in Dustys Fell. »Es tut mir leid, wirklich!«, flüstert er. »Ich verspreche dir, dass ich nie wieder so doof zu dir bin. Aber was hast du da am Ohr? Du blutest ja!«

Dusty setzt sich vor ihn und bellt. Dann schnappt er nach Pauls Hose, als wollte er ihn mit sich ziehen.

Aufgeregt bellend läuft er ein Stück zum Zaun, gleich darauf kommt er zurück und zerrt wieder an Pauls Hose.

»Er will dir irgendwas zeigen!«, ruft Karlotta. »Bestimmt hat er Bella gefunden und …«

»Ist Dusty wieder da?« Peter kommt über die Wiese gerannt.

»Dusty hat Bella gefunden!«, ruft Karlotta. »Und jetzt will er uns zu ihr bringen.«

Dusty fängt an, im Kreis um sie herumzulaufen. Und immer wieder rennt er ein Stück auf den Zaun zu. Bis Peter ihn am Halsband festhält. »Ganz ruhig, Dusty. Wir kommen gleich.« Er blickt zu Karlotta »Aber du bleibst hier bei Simone. Wir wissen ja gar nicht, wie lange wir vielleicht suchen müssen. Und bereitet schon mal einen alten Karton oder so was vor. Wir bringen Bella erst mal her, denn wenn sie wirklich Junge gekriegt hat, ist es vom Wald aus näher zu uns als bis zu Alex.«

»Das ist fies«, beschwert sich Karlotta. »Das ist so fies von euch! Aber typisch! Immer wenn es spannend wird, darf ich nicht dabei sein.«

»Lauf und sag Simone Bescheid«, antwortet Peter nur. »Und ruft auch Alex noch nicht an, lass uns abwarten, ob wir Bella wirklich finden. Wir haben das Handy dabei, und wir melden uns bei euch, dann ist immer noch genug Zeit, um Alex zu holen. Okay? Kann ich mich darauf verlassen?«

Karlotta verzieht wieder nur das Gesicht, aber dann nickt sie nur und rennt zu Simone ins Haus.

»Also los«, sagt Peter zu Paul. »Hoffen wir mal, dass wir Glück haben.«

Dusty hat die ganze Zeit über gewinselt und ist immer wieder nervös zum Zaun gelaufen, als wollte er, dass sie sich beeilen. Er hat noch nicht mal das Futter beachtet, das im Gras liegt. Aber er scheint genau verstanden zu haben, was Peter gerade gesagt hat! Er bellt und springt über den Zaun. Als er sieht, dass Paul und sein Vater ihm folgen, rennt er weiter.

»Warum wolltest du nicht, dass Karlotta mitkommt?«, fragt Paul, während sie im Dauerlauf hinter Dusty herhetzen. »Und warum soll Alex noch nichts davon wissen, dass es so aussieht, als ob Dusty Bella gefunden hätte? Oder glaubst du, dass … irgendwas nicht stimmt?«, setzt er dann ängstlich hinzu. Er weiß selber nicht genau, was er eigentlich meint, aber als Peter antwortet, merkt er, wie ihm der Schweiß ausbricht.

»Ich habe kein gutes Gefühl bei der ganzen Sache«, keucht Peter im Laufen. »Es kann auch gut sein, dass Bella irgendwas passiert ist. Vielleicht hat sie sich verletzt. Oder bei der Geburt ist etwas schiefgegangen! Es ist besser, wenn wir weder Karlotta noch Alex dabeihaben, bis wir genau Bescheid wissen. Aber vielleicht irre ich mich auch und es ist alles in Ordnung. Hoffentlich!«

Er nickt Paul beruhigend zu. Und Paul ist fast ein bisschen stolz, dass sein Vater mit ihm redet wie mit einem Erwachsenen. Aber trotzdem hat er Angst. Es stimmt ja, was Peter sagt. Und er will lieber gar nicht dran denken, was mit Bella alles passiert sein könnte!

Inzwischen sind sie mitten im Wald. Dusty rennt immer weiter zwischen den Bäumen hindurch, ohne einmal zu zögern. Er weiß genau, wo wir hinmüssen, denkt Paul noch, als Dusty plötzlich stoppt. Und das Nackenhaar aufstellt und warnend knurrt.

Ein paar Meter weiter ist die schmale Teerstraße, die zum alten Waldschwimmbad führt. Paul blickt sich um und streicht Dusty übers Fell.

»Ganz ruhig, Dusty!«, sagt er leise. Im gleichen Moment sieht er die abgebrochenen Zweige an den Bäumen. Die Bruchstellen sind noch ganz frisch und leuchten hell. Und auf dem Boden liegen verbeulte Coladosen und Kaugummipapier.

Sein Vater zeigt auf das Gebüsch neben dem

Graben. »Da haben irgendwelche Idioten die Verkehrsschilder an der Landstraße abmontiert und hier in den Wald geschmissen. Was soll das? Die Kreuzung ist doch auch so schon gefährlich genug!«

Peter hat recht, es sind eindeutig die Schilder von der Kreuzung an der Landstraße. Direkt hinter der scharfen Kurve, wo immer wieder Unfälle passieren.

»Es ist noch nicht lange her, dass sie hier waren«, sagt Paul und deutet auf den Müll am Boden und die abgerissenen Zweige.

Peter nickt. »Ich rufe nachher die Polizei an. Aber jetzt müssen wir erst mal Bella finden. Los, Dusty, hier ist niemand mehr, weiter! Führ uns zu Bella!«

Dusty knurrt noch mal, dann läuft er über den Teerweg und auf der anderen Seite wieder in den Wald. Während sie ihm folgen, fällt Paul wieder ein, was Alex vorhin erzählt hat. Von den Jugendlichen, die sie nicht kannte. Aber die so blöd zu ihr waren. Vielleicht waren die das ja auch mit den Schildern, denkt Paul, das würde zu der Geschichte von Alex passen …

Dusty führt sie jetzt immer tiefer ins Unterholz hinein. Bis zu einer Stelle, an der kreuz und quer umgestürzte Bäume liegen, deren Wurzeln wie ausgestreckte Arme in die Luft ragen. Hinter einem der Wurzelballen ist ein großes Loch im Boden – und noch bevor Dusty anfängt zu winseln, sieht Paul auch den Eingang zu einer Fuchshöhle. Und die Spuren überall im Sand.

»Das sind Abdrücke von Hundepfoten«, sagt Peter, während er sich bückt, um die Spuren genauer zu untersuchen. »Die größeren könnten von Dusty stammen! Und dann sind die anderen …«

»Von Bella!«, ruft Paul leise. »Aber wo ist sie?«

Dusty läuft vor der Höhle hin und her und drückt immer wieder die Nase in den Sand. Dann klettert er über den steilen Abhang und sucht den Boden auf dem Erdhügel ab. Sein Winseln ist jetzt so kläglich, dass Paul ahnt, was los ist.

»Bella war hier! Aber sie muss weggelaufen sein und Dusty kann ihre Spur nicht finden. Ich kapiere nur nicht, wieso!«

»Und das hier?«, fragt Peter und winkt Paul zu sich. »Das ist doch ein Stiefelabdruck! Siehst du das? Ein Gummistiefel, würde ich sagen. Hier! Hier sind noch mehr Abdrücke. Immer das gleiche Profil. Und ungefähr so groß wie meine Schuhe, Größe 42 oder 43, also vermutlich von einem Mann …«

Dass Bella nicht mehr da ist und der Boden von Stiefelspuren zertrampelt, kann nur eins bedeuten – Bella ist in Gefahr! Irgendein Mensch hat ihr Versteck entdeckt. Ein fremder Mensch, dessen Geruch er nicht kennt. Und Bella hat es nicht geschafft, mit ihrem Jungen noch wegzurennen.

Auch als er den Waldboden zwischen den Bäumen absucht, kann er nirgends ihre Witterung aufnehmen. Also muss er der Stiefelspur folgen! Und er muss sich beeilen, solange sie noch so frisch ist, dass er sie nicht verliert.

Er bellt nur kurz zu Paul und seinem Vater hinüber, dann rennt er los. Er hört noch, wie Paul aufgeregt hinter ihm herruft: »Warte auf uns, Dusty!«

Aber er hat keine Zeit zu warten.

Die Spur führt um die Stelle mit den Felsen herum und dann weiter am Waldrand entlang, über lose Steine und Wurzeln. Dann wird der Pfad immer matschiger und überall sind tiefe Pfützen. Direkt neben ihm ist ein Graben mit schwarzbraunem Wasser, über dem die Fliegen schwirren.

Die Stiefelabdrücke zwischen den Grasbüscheln auf dem Pfad sind so deutlich, dass er jetzt noch nicht mal mehr seine Nase braucht, um der Spur zu folgen. Einmal fliegen zwei Enten aus dem Graben hoch und schnattern aufgeregt. Und weit hinter sich hört er immer wieder Paul und seinen Vater nach ihm rufen.

Plötzlich weht der Wind ihm einen neuen Geruch in die Nase. Es riecht nach Rauch! Wie von einem Feuer. Der Geruch wird immer stärker, sodass er ein paar Mal niesen muss. Er drückt die Schnauze in den feuchten Boden und schleckt schnell ein bisschen Pfützenwasser auf, um das unangenehme Kribbeln in seiner Nase loszuwerden. Als er den Kopf wieder hebt, sieht er hinter den Bäumen deutlich eine Rauchfahne in den Himmel steigen.

Er duckt sich und schleicht langsam weiter, bis der Pfad eine Biegung macht und er das Haus sehen kann. Ein kleines Haus, mit nur einem Fenster an der Vorderseite und einer rot gestrichenen Tür und einem Schuppen an der Seite. Und mit einem Schornstein, aus dem der beißende Qualm kommt.

Die Stiefelspur führt genau auf das Haus zu. Aber da ist auch ein hoher Drahtzaun und ein Tor, das verschlossen ist.

Er duckt sich noch tiefer und macht einen Bogen, sodass er zwischen den Büschen neben dem Pfad bis dicht an das Tor schleichen kann. Als er die Nase hebt und witternd die Luft einzieht, meint er für einen kurzen Moment, Bella zu riechen. Aber der Geruch des Qualms ist so stark, dass er gleich wieder niesen muss. Im selben Augenblick geht die rote Tür auf und ein Mann tritt vor das Haus. Mit Gummistiefeln. Und mit einem Gewehr in der Hand.

4. Kapitel

Als Paul und sein Vater um die Wegbiegung gehetzt kommen und das Haus mit dem qualmenden Schornstein sehen, ruft Peter leise: »Warte, da ist jemand!«

Auch Paul kann ganz deutlich den Mann sehen, der an dem Eisentor steht und Dusty anbrüllt: »Hau ab! Na los, nun mach schon, zieh Leine!«

Aber Dusty springt nur an dem Tor hoch und bellt. Und es klingt so wütend, wie Paul seinen Hund noch nie bellen gehört hat.

Er will gerade losrennen, um Dusty zu Hilfe zu kommen, als sein Vater ihn hart am Arm packt und festhält.

»Vorsicht! Siehst du das? Ich glaube, der Mann hat … ein Gewehr!«

»Ja, du … du hast recht«, stammelt Paul. »Und was machen wir jetzt? Wir müssen Dusty da wegholen, bevor …«

»Ganz ruhig«, sagt Peter. »Bleib dicht bei mir und lass mich reden.«

Er geht langsam ein paar Schritte auf das Haus zu und wedelt mit den Armen. »He!«, ruft er laut. »Nehmen Sie bitte das Gewehr runter! Wir haben nur eine Frage, das ist alles.«

»Ist das euer Hund?«, brüllt der Mann zurück. »Der hat hier nichts zu suchen, also ruft ihn gefälligst zurück und verschwindet.

»Ist ja gut«, ruft Peter beruhigend. »Machen wir. Aber dazu müssen Sie uns erst mal näher kommen lassen.«

Der Mann lehnt sein Gewehr an den Torpfosten und baut sich mit verschränkten Armen auf, um auf sie zu warten.

Dusty springt immer noch bellend gegen das Tor, bis er endlich auf Pauls Rufen reagiert und sich hinlegt. Aber er lässt den Mann keine Sekunde aus den Augen. Und als sie näher kommen, hört Paul, wie er bei jeder Bewegung, die der Mann macht, sofort wieder anfängt zu knurren.

Paul greift nach Dustys Halsband und legt ihm die Leine an.

»Und was wollt ihr hier?«, fragt der Mann und kommt so dicht an das Tor, dass Paul Dusty schnell ein Stück zurückzieht. »Das ist alles Privatgelände, betreten verboten.«

Der Mann zeigt auf das Schild, das an dem

Pfosten hängt. BETRETEN VERBOTEN!, steht da mit dicken Pinselstrichen auf das Holz gemalt.

»Ist klar«, sagt Peter und nickt. »Aber wir sind ja auch noch vor dem Tor. Sie haben also gar keinen Grund, sich aufzuregen.«

Der Mann kratzt sich am Kopf und kneift die Augen zusammen, als wüsste er nicht, was er Peter antworten soll.

Erst jetzt sieht Paul ihn sich genauer an. Er hat ziemlich lange Haare, die ihm unter einer speckigen Wollmütze fast bis auf die Schulter reichen. Und einen grauen Vollbart und so viele Falten im Gesicht, dass er bestimmt älter ist, als Paul erst dachte. Seine Klamotten sehen aus, als müssten sie dringend mal gewaschen werden. Seine Hose ist genauso mit Schlamm bespritzt wie seine Gummistiefel. Und der Pullover unter der alten Lederjacke besteht eigentlich nur noch aus Löchern.

»Ich bin Peter«, stellt sich Pauls Vater jetzt vor, als der Alte immer noch nichts sagt. »Und das ist mein Sohn Paul und unser Hund Dusty. Wir wohnen auf der anderen Seite vom Wald, noch ein ganzes Stück hinter dem alten Schwimmbad.«

»Dann geht doch da spazieren«, brummt der Alte. »Ich hab euch jedenfalls nicht zu mir eingeladen, also habt ihr hier auch nichts zu suchen.«

Aber jetzt reicht es Paul. Noch bevor sein Vater etwas erwidern kann, richtet er sich auf und sagt: »Ich glaube schon, dass wir hier etwas zu suchen haben! Wir sind nämlich Ihrer Spur gefolgt, die vom Wald aus genau hierherführt.« Er zeigt auf die Gummistiefel, die der Alte anhat. »Und mein Hund würde ganz bestimmt nicht einfach so durchdrehen wie eben, wenn er nicht glauben würde, dass Sie … Bella haben.«

»Wen?«, brüllt der Alte und hält sich die Hand hinters Ohr, als hätte er Paul nicht verstanden.

»Es ist ein bisschen kompliziert«, sagt Peter schnell. »Aber tatsächlich sind wir auf der Suche nach einer schwarzen Hündin, die weggelaufen ist. Bella. Und …«

»Und wieso soll die bei mir sein?«, fragt der Alte mürrisch. Aber Paul sieht ganz deutlich, wie er dabei kurz zu seinem Haus blickt.

»Weil unser Hund ihrer Spur gefolgt ist«, erklärt Peter. »Und uns genau hierhergeführt hat.«

Dusty fängt wieder an zu knurren, als hätte er jedes Wort verstanden. Er zerrt jetzt so stark an der Leine, dass Paul Mühe hat, ihn festzuhalten.

Wieder kratzt sich der Alte am Kopf, als würde er angestrengt nachdenken. »Eine Hündin, sagt ihr, ja?«, fragt er dann.

»Schwarz und mit langem Fell«, bestätigt Peter.

»Und sie ist trächtig«, ergänzt Paul. »Sie bekommt jeden Moment Junge! Vielleicht hat sie auch schon welche gekriegt …«

»Kann sein, dass ich die gesehen habe. Im Wald, bei den Felsen oben, da war ein Hund. Hatte Ärger mit einem Fuchs, weil er zu dicht an seiner Höhle war. Und mit einem wütenden Fuchs ist nicht zu spaßen, deshalb habe ich ein paarmal geschossen, damit er verschwindet.«

Der Alte greift nach seinem Gewehr und hält es hoch. Als wäre das Gewehr der Beweis, dass er die Wahrheit sagt. »War auch eine Hündin, stimmt schon, aber trächtig war die nicht.«

»Das kann nicht sein«, meint Peter.

»Vielleicht war es ja ein anderer Hund. Ist mir doch egal. Das schwarze Biest, das ich im Haus habe, könnt ihr jedenfalls gerne mitnehmen. Hier …« Er zeigt ihnen seine Hand, auf der ein blutiger Kratzer ist. »Das war das Mistvieh. Hat versucht, mich zu beißen. Ich bin froh, wenn ich den Köter wieder los bin.«

»Was?«, rufen Paul und Peter gleichzeitig. »Also haben Sie den Hund … mitgenommen?«, stammelt Peter dann. »Und warum haben Sie das nicht gleich gesagt?«

»Konnte ich wissen, dass er zu euch gehört? Konnte ich nicht. Ich hab gedacht, irgendein streunender Hund. Hat ja auch kein Halsband umgehabt und nichts.« Der Alte klemmt sich sein Gewehr unter den Arm und dreht sich um. »Ich hol den Köter. Und wenn es eurer ist, dann haut ihr hier ab, aber ganz schnell.«

Mit krummen Schultern schlurft er zur Haustür. Dusty fängt wieder an zu bellen. Und Paul hört ganz deutlich, wie aus dem Haus eine Antwort kommt.

»Das ist Bella, ganz bestimmt!«, ruft er Peter zu.

»Aber der Alte sagt, der Hund bei ihm im Haus wäre nicht trächtig. Vielleicht ist es wirklich ein anderer und …«

Bevor er noch zu Ende reden kann, kommt der Alte wieder aus der Tür. Statt des Gewehrs hält er jetzt eine alte Decke an sich gepresst, unter der es zappelt und laut jault.

Und Dusty springt am Tor hoch und jault zurück.

Der Alte macht das Tor nur gerade so weit auf, dass das Bündel in der Decke hindurchpasst. Dann zerrt er die Decke zurück und knallt das Tor zu.

Jaulend springt Bella auf und rennt los. Einfach an ihm und Paul und Pauls Vater vorbei, als wären sie gar nicht da, und weiter über den Pfad in Richtung Wald, ohne sich einmal umzublicken oder stehen zu bleiben.

»Bella!«, ruft Paul hinter ihr her. »Komm zurück!«

»Bella, hierher!«, ruft auch Pauls Vater.

Aber Bella ist schon fast zwischen den Bäumen, und es sieht so aus, als würde sie bei jedem Ruf nur noch schneller rennen.

Er weiß, dass Bella Angst hat. Sie kapiert überhaupt nichts mehr, sondern will nur noch weg. Und sich irgendwo verstecken. Aber er weiß auch, dass er jetzt nicht einfach hinterherrennen kann, das würde ihr nur noch mehr Angst machen. Er muss warten, bis sie sich beruhigt hat. Sie wird nicht wirklich weglaufen, sie wird zurückkommen, um ihr Junges zu holen.

»Jetzt lauf doch hinter ihr her, Dusty!«, ruft Paul verzweifelt. »Du musst sie kriegen! Mach schnell, hol Bella!«

Er läuft ein paar Meter, dann hält er wieder an und legt sich flach auf den Boden. Mit dem Kopf zwischen den Vorderpfoten und ohne den Waldrand aus den Augen zu lassen.

»Was ist los mit dir?«, ruft Paul wieder. »Hol Bella!«

Er rührt sich nicht. Auch nicht, als Paul ihn am Halsband packt und weiterzerren will. Und er hat sich nicht geirrt! Gerade taucht Bella zwischen den Bäumen wieder auf und kommt zögernd auf ihn zu. Er bleibt immer noch liegen. Er bellt nur kurz, damit sie Bescheid weiß, dass er es ist und dass er auf sie wartet.

Pauls Vater zieht Paul ein Stück zur Seite. »Lass die beiden Hunde mal«, sagt er leise. »Ich glaube, Dusty weiß genau, was er tut.«

Jetzt ist Bella nur noch ein paar Meter von ihm entfernt. Sie hebt witternd den Kopf und blickt mit gespitzten Ohren zu dem Haus hinüber. Dann setzt sie sich auf die Hinterbeine und fängt an zu jaulen.

Ganz langsam steht er auf und streckt sich, bevor er sich Bella nähert und ihr über die Schnauze leckt. Sie zittert am ganzen Körper, aber sie weicht nicht zurück. Und als sie anfängt zu winseln und sich an ihm vorbeidrängt, folgt er ihr zurück zum Tor.

Er hört, wie Paul ruft: »Was macht ihr denn? Kommt da weg, lass uns hier lieber abhauen!«

Klar, Paul hat ja keine Ahnung, dass Bellas Junges noch im Haus sein muss. Er weiß ja noch nicht mal, dass es das Kleine überhaupt gibt!

Bella läuft winselnd am Zaun entlang, von links nach rechts und wieder zurück. Dann stößt sie ihn ein paar Mal mit der Schnauze an. Und plötzlich greift sie mit ihren Zähnen nach seinem Nackenfell, um ihn näher zum Tor zu ziehen. Aber er hat längst kapiert, was sie von ihm will!

Aber das Tor ist viel zu hoch. Selbst wenn er Anlauf nimmt, wird er es nicht schaffen. Er muss irgendeine andere Möglichkeit finden, um zu dem Haus zu kommen.

5. Kapitel

»Und dann?«, ruft Karlotta und zupft an Pauls Sweatshirt, damit er schnell weitererzählt.

»Keine Chance«, antwortet Paul und zuckt mit den Schultern. Der Typ ist noch nicht mal wieder aus seinem Haus gekommen. Wir haben ihn nur hinter dem Fenster gesehen, wie er uns mit der Faust gedroht hat. Wir konnten nichts weiter machen. Aber wenigstens haben wir ja Bella gefunden!«

Er hat Mühe, nicht einfach loszuweinen, als er das Bild wieder vor sich sieht, wie Bella gejault und gewinselt hat. Und wie sie sogar Peter beißen wollte, als er versucht hat, sie vom Zaun wegzubekommen.

Er selbst hat es kaum geschafft, Dusty festzuhalten, der immer wieder laut bellend an dem Tor hochgesprungen ist.

Eigentlich gab es dafür nur eine einzige Erklärung! Bella hatte inzwischen ihre Jungen bekommen, so viel war ja klar, und jetzt waren die Welpen noch bei dem Alten im Haus. Aber wie sollten sie das rausfinden, solange der Alte sie noch nicht mal durchs Tor ließ?

Und dann hatte Bella plötzlich angefangen zu wimmern, als hätte sie Schmerzen. Ihre Augen waren ganz glasig, und als sie sich den Bauch ableckte, hatte sie Blut an der Schnauze. Sie hat sich auch nicht mehr gewehrt, als Peter sie auf die Arme genommen und getragen hat.

So schnell sie konnten, sind sie durch den Wald gelaufen und dann gleich zu der Tierärztin am Ende ihrer Straße. Die Tierärztin hat Bella sofort untersucht, während Dusty neben ihr auf dem Boden gelegen und jedes Mal die Ohren gespitzt hat, wenn Bella leise winselte.

Noch auf dem Weg durch den Wald hatte Paul bei Alex angerufen. Als sie mit ihrem Fahrrad angerast kam, konnte sie vor Angst kaum reden. Sie hat nur Bella gestreichelt und ihr Gesicht immer wieder in Bellas Fell gedrückt.

Bis die Tierärztin Bella in eine Hundebox gelegt hat und erklärt hat: »Es ist nicht so schlimm, deine Hündin wird das gut überstehen. Ich habe ihr jetzt erst mal ein Beruhigungsmittel gespritzt und für alle Fälle etwas gegen eine Infektion gegeben. Sie wird heute und morgen die meiste Zeit schlafen, aber ich würde sie gerne hier bei mir behalten, um nach ihr sehen zu können.«

»Und was ist mit … ich meine …« Alex hat heftig geschluckt und die Tierärztin mit weit aufgerissenen Augen angeblickt.

»Sie hat Junge bekommen, das ist sicher. Ihre Zitzen sind auch ganz rot und geschwollen.« Die Tierärztin hat ratlos den Kopf geschüttelt und sich an Paul und seinen Vater gewandt. »Die Geschichte, die ihr da erzählt habt, von dem Mann, der Bella in seinem Haus hatte, klingt merkwürdig, das finde ich auch. Aber wir wissen nicht wirklich, was passiert ist. Wenn Bella ihre Jungen da irgendwo im Wald bekommen hat und Dusty losgerannt ist, um euch zu holen, dann war sie eine ganze Weile alleine. Und der Mann hat euch von einem Fuchs erzählt, das klingt nicht gut. Es kann durchaus sein, dass es wirklich so war, wie er gesagt hat. Dass da gar keine Welpen waren, als er Bella gefunden hat.«

Paul hat deutlich gemerkt, dass die Tierärztin nicht so ganz mit der Sprache rausrücken wollte. Aber natürlich hatte er längst begriffen, was sie meinte. Genauso wie Alex, die nach seiner Hand gefasst hat, als müsste sie sich irgendwo festhalten.

»Gibt es das tatsächlich?«, hat Peter leise gefragt.

»Ich meine, kann so was passieren, dass ein Fuchs …«

»Ein Fuchs ist ein Wildtier«, hat die Tierärztin geantwortet. »Und neugeborene Welpen sind vollkommen hilflos. Wenn der Fuchs sein Revier verteidigen wollte, dann hat eine Hündin wie Bella, also ein Haustier, keine Chance gegen ihn gehabt.«

»Aber müsste Bella dann nicht verletzt sein?«, hat Paul gefragt. »Sie hätte doch bestimmt mit dem Fuchs gekämpft! Und außerdem wollte sie immer wieder zurück zu dem Haus von dem Typen. Und Dusty genauso! Heißt das nicht, dass die Welpen da drin waren?«

»Nicht unbedingt. Und auch wenn der Mann so unfreundlich war, hat er euch Bella ja zurückgegeben. Warum sollte er dann ihre Welpen behalten haben? Er müsste ja versuchen, sie mit der Flasche großzuziehen, da wäre er Tag und Nacht beschäftigt. Wenn es überhaupt klappen würde! Vielleicht war Bella vor Angst nur so durcheinander, dass sie gar nichts mehr begriffen hat. Und Dusty hat das natürlich gemerkt und nur auf ihr Verhalten reagiert. Aber ich weiß es wirklich nicht.«

Peter hat tief Luft geholt, bevor er gesagt hat: »Hoffen wir erst mal, dass Bella das gut übersteht.«

»Du kannst sie jederzeit besuchen«, hat die Tierärztin Alex versprochen. »Ich rufe dich an, wenn sie wieder aufgewacht ist.«

Und dann ist Alex nach Hause gefahren, um ihrer Mutter alles zu erzählen. Und Paul und sein Vater sind mit Dusty zurück zu Simone und Karlotta. Und haben versucht, die Geschichte nicht ganz so dramatisch klingen zu lassen, wie sie war. Damit Karlotta sich nicht zu sehr erschrickt und vielleicht noch Albträume bekommt.

Deshalb haben sie nur erzählt, wie sie Bella gefunden und zur Tierärztin gebracht haben, die sich jetzt um sie kümmert. Dass Bella ihre Jungen bekommen hat, haben sie weggelassen. Genauso wie die Sache mit dem Fuchs, der vielleicht die Welpen gefressen hat.

Aber natürlich wollte Karlotta dann alles ganz genau wissen. Und sie hört auch jetzt nicht auf, Paul mit Fragen zu löchern.

»Wann kann ich Bella besuchen? Kann ich zur Tierärztin rüber und zugucken, wenn Bella ihre Jungen bekommt?«

»Lass sie sich erst mal ausruhen«, sagt Peter schnell. »Das kann noch ein paar Tage dauern, bis sie sich wieder erholt hat.«

»Aber ich will sie unbedingt besuchen, bevor

wir den Ausflug machen! »Was ist heute? Sonntag, oder? Dann sind es nur noch zwei Tage. Nicht mal!«

Bei der ganzen Aufregung um Bella hat Paul den Ausflug von Karlotta völlig vergessen. Normalerweise interessiert es ihn auch gar nicht weiter, was Karlotta mit ihrer Hortgruppe macht, aber diesmal ist es anders. Diesmal muss es ihn interessieren! Weil er und Dusty nämlich bei dem Ausflug dabei sind. Zum Aufpassen! Eine Erzieherin ist krank geworden, und als Karlotta erzählt hat, dass sie deshalb vielleicht gar keinen Ausflug machen können, hat Paul nur so zum Spaß gesagt: »Ich kann ja mitkommen. Und dann zeige ich euch mal ein paar Sachen, die eure Hort-Tante nie erlauben würde. Wie man sich mit dem Saft von wilden Brombeeren eine echte Indianer-Kriegsbemalung ins Gesicht malt, zum Beispiel. Und wie man sich mit Matsch die Haare färbt. Oder wie man sich an einem Seeufer versteckt und schnell untertaucht, wenn jemand kommt. Dazu braucht man natürlich unbedingt ein Schilfrohr, durch das man Luft holen kann. Und der Typ, der dich sucht, sieht nur das Rohr aus dem Wasser ragen und hat keine Ahnung, dass du da unten bist …«

»Paul!«, hat Simone gerufen. »Hör bitte auf, deiner Schwester solche Geschichten zu erzählen.«

Karlotta hat gar nichts gesagt. Aber am nächsten Tag hat die Leiterin des Horts angerufen und wollte sich bedanken. Weil Karlotta schon allen erzählt hatte, dass ihr großer Bruder mitkommt. Und Dusty natürlich. Und dass sie deshalb den Ausflug ruhig machen können.

Aber statt dass seine Mutter so was gerufen hätte wie »Auf gar keinen Fall, kommt nicht in die Tüte!«, hat sie gesagt: »Gut. Dann ist ja alles klar.«

»Hä?«, hat Paul gemacht. »Was soll das denn jetzt?«

»Wieso?«, hat Simone gefragt. »Du hast Ferien, also hast du auch Zeit. Und du hast dir die ganze Sache schließlich selbst eingebrockt, das hast du nun davon, dass du Karlotta immer irgendwelche verrückten Geschichten erzählst.«

Erst war Paul ziemlich sauer, weil er keine Lust hatte, den halben Tag mit ein paar schreienden Zwergen durch den Wald bis zum Moor zu latschen. Aber dann haben sie am Abend, als Karlotta im Bett lag, noch mal zusammen geplant, wie der Ausflug am besten gelingen konnte. Und Peter hatte die Idee, als Überraschung ein Picknick vorzubereiten.

»Im Moor gibt es eine Schutzhütte für Wanderer«, hat er erklärt. »Der Weg dahin ist einfach, es sind überall Schilder, damit man sich nicht verläuft. Paul könnte die Sachen fürs Picknick im Rucksack mitnehmen, und dann so tun, als ob das Essen von irgendwelchen freundlichen Moorgeistern für euch dahingestellt worden wäre. Das werden die Kinderchen super finden!«

Simone hat zwar erst noch gesagt: »Dann brauche ich mich ja wohl nicht zu wundern, woher dein Sohn seine merkwürdigen Ideen hat.« Aber dann hat sie doch versprochen, für das Essen eine echte »Moorgeister-Pizza« zu backen. Mit Nuss-Nougat-Creme, weißer Schokolade, Erdnüssen und Bananenscheiben.

Und schließlich hat Paul sich sogar darauf gefreut, den Aufpasser für die Zwerge spielen zu dürfen. Nur dass dann Bella verschwunden war und er deshalb den Ausflug vergessen hat. Und dass er und sein Vater Karlotta nicht so ganz die Wahrheit mit Bella gesagt haben. Und Karlotta jetzt Bella unbedingt noch vor dem Ausflug besuchen will!

Paul wirft einen kurzen Blick zu seinem Vater. Und er weiß, dass sie beide dasselbe denken – wenn man einmal damit anfängt, die Wahrheit ein bisschen zurechtzubiegen, kommt man aus der Sache nicht so leicht wieder raus. Sondern muss immer weitermachen, ohne zu wissen, ob dadurch nicht vielleicht alles noch viel schlimmer wird.

Er ist sich nicht ganz sicher, worüber sie gerade reden. Aber es hat etwas mit Bella zu tun, er hat jetzt schon mehrmals ihren Namen gehört. Und es muss etwas sein, wovon Karlotta nichts wissen soll. Sie haben nämlich extra gewartet, bis Karlotta im Bett war. Und dann hat Paul ihm erlaubt, sich neben ihn aufs Sofa zu legen. Und hat ihn die ganze Zeit gestreichelt, während Peter Simone etwas erzählt hat. Was eindeutig nichts Gutes war, weil Simone immer wieder den Kopf geschüttelt hat.

»Und was machen wir jetzt?«, fragt Paul gerade.

Seine Eltern antworten nicht, sondern zucken nur mit den Schultern. Paul springt vom Sofa und rennt aus dem Zimmer. Als er hört, wie Paul im Flur die Leine vom Haken nimmt, läuft er zu ihm. Es ist ja klar, dass Paul mit ihm rausgehen will. Wie immer abends. Obwohl irgendetwas anders ist als sonst. Sie sind noch kaum auf dem Fußweg, als Paul sein Handy aus der Tasche zieht und anfängt zu telefonieren.

Er weiß sofort, mit wem Paul da spricht, weil er ganz deutlich Alex' Stimme hören kann. Und er ärgert sich ein bisschen, weil Paul sich gar nicht um ihn kümmert und ihn nur verärgert zurückzieht, als er gerade eine interessante Nachricht an den Reifen des Motorrads gefunden hat, das vor ihnen auf der Straße steht. Er schafft es noch nicht mal mehr, sein Hinterbein zu heben, um schnell eine Antwort an den Reifen zu pinkeln! Paul zerrt ihn einfach weiter hinter sich her. Und dabei redet er die ganze Zeit in sein Handy! Bis er endlich sagt: »Okay, das machen wir. Gleich morgen Vormittag. Aber kein Wort zu niemandem!«

Dann steckt er sein Handy weg und bückt sich zu ihm.

»Sorry, Dusty«, sagt er. »Aber das war wichtig. Und morgen wirst du auch kapieren, warum – du kommst nämlich mit!«

Er spitzt die Ohren und wedelt mit dem Schwanz. Es ist alles wieder in Ordnung. Paul ist wieder ganz normal. Und er wartet sogar geduldig auf ihn, als sie wieder an dem Motorrad mit der interessanten Nachricht vorbeikommen. Bis er nicht nur den einen Reifen, sondern auch noch den anderen markiert hat. Und den Ständer, auf dem das Motorrad steht.

6. Kapitel

Als sie gestern telefoniert haben, hat Paul Alex schon alles erzählt, was seine Mutter über den Typen in dem alten Haus am Moor weiß. Weil der nämlich mal bei ihr im Krankenhaus war, als er sich ein Bein gebrochen hatte.

»Er ist ein bisschen komisch, das stimmt schon«, hat Simone gesagt. »Ich glaube, er hat Angst vor anderen Menschen. Irgendwas muss ihm mal passiert sein, weshalb er niemandem mehr traut. Und das ist auch der Grund, warum er ganz alleine da draußen am Moor wohnt. Möglichst weit weg von der Stadt und von irgendwelchen Leuten. Aber es muss ziemlich einsam sein, wenn keiner da ist, mit dem man reden kann. Kein Wunder, dass er so merkwürdig geworden ist. Das würde wahrscheinlich den meisten so gehen.«

»Und was heißt das?«, fragt Alex jetzt, als sie sich mit ihren Fahrrädern am Zaun hinter dem alten Waldschwimmbad treffen. Es ist kurz nach zwölf, und Paul hatte schon Angst gehabt, dass er es nicht mehr rechtzeitig zu ihrer Verabredung schafft. Weil sein Vater ausgerechnet heute erst noch ewig zu Hause gehockt und irgendwelche Mails beantwortet hat, bevor er endlich ins Büro gefahren ist. Simone ist natürlich wie immer im Krankenhaus und Karlotta ist in ihrer Hortgruppe, in die sie auch in den Ferien geht. Paul soll sie nachher abholen,!

Aber erst mal muss er jetzt mit Alex zu dem komischen Typen, der alles andere als freundlich war. Und wahrscheinlich holt er auch heute gleich wieder sein Gewehr. Oder kommt gar nicht erst aus seinem Haus, sondern droht ihnen nur durchs Fenster.

Aber Paul und Alex haben einen Plan, wie sie ihn vielleicht doch so weit kriegen, dass er mit ihnen redet und sie in sein Haus lässt. Dann können sie sich heimlich umgucken, ob er Bellas Welpen nun geklaut hat oder nicht …

»Bekomme ich heute vielleicht noch mal eine Antwort von dir?«, fragt Alex und blickt Paul an, als ob sie schon dreimal dieselbe Frage gestellt hätte.

»Was?«, fragt Paul.

»Oh Mann«, regt sich Alex auf. »Du hörst ja wohl echt überhaupt nicht mehr zu! Ich habe gefragt, was das heißt, dass der Typ ein bisschen komisch sein soll. Ich meine, glaubst du, dass er auch … gefährlich ist?«

»Keine Ahnung. Ich habe dir ja erzählt, dass er ein Gewehr hat. Aber ich glaube nicht, dass er damit auf Menschen schießt.«

»Also ist er einfach nur ein bisschen ballaballa, meinst du das?«

»Ballaballa, plemplem, durchgeknallt. Aber nicht gefährlich. Hoffe ich jedenfalls.« Paul grinst, obwohl ihm eigentlich gar nicht nach Grinsen zumute ist. Aber Alex soll bloß nicht denken, dass er vielleicht Schiss hätte. Es wird schon gut gehen mit dem Typen, versucht er sich selbst zu beruhigen. »Außerdem haben wir ja Dusty dabei! Und wenn der Typ wirklich wieder sein Gewehr holt, können wir immer noch abhauen.«

Sie nehmen wieder denselben Weg wie gestern. Von den Felsen aus immer am Waldrand entlang, bis neben ihnen der Moorgraben auftaucht und der schmale Pfad so matschig wird, dass sie ihre Räder ein Stück schieben müssen.

Als sie schon den Rauch aus dem Schornstein steigen sehen, halten sie an. Paul holt die rostige Schraube aus der Hosentasche, die er aus dem Schuppen bei ihnen zu Hause mitgenommen hat.

»Okay?«, fragt er Alex.

»Wenn es unbedingt sein muss«, stöhnt Alex und sieht zu, wie Paul die Schraube mit der Spitze auf ihren Vorderreifen drückt.

»Es muss echt aussehen«, murmelt er vor sich hin. »Damit der Typ keinen Verdacht schöpft.«

Aber es ist gar nicht so einfach, die Schraube durch das Gummi zu bekommen. Erst als Paul einen Stein zu Hilfe nimmt und ihn wie einen Hammer benutzt, verschwindet die Schraube im Profil. Gleich darauf zischt die Luft aus dem Reifen. Es dauert keine Minute, bis er völlig platt ist.

Jetzt bückt sich Paul zu Dusty und hält seinen Kopf mit beiden Händen fest, damit er Dusty genau in die Augen blicken kann. »Hör zu, Kumpel, das ist wichtig, was ich dir jetzt sage! Du bleibst die ganze Zeit schön dicht neben mir. Und du springst auch nicht wieder an dem Tor hoch. Und nicht bellen, kapiert? Nicht bellen und den Typen nicht anknurren.«

Dusty spitzt die Ohren und leckt Paul mit der Zunge zweimal über die Wange.

»Okay«, sagt Paul. »Los geht's!«

Alex sieht nicht besonders glücklich aus, als sie ihr Rad jetzt weiter auf das Haus zuschiebt. Aber das ist auch gut so! Es muss alles echt wirken.

»Und wenn wir am Tor sind und der Typ rauskommt, musst du heulen«, erklärt Paul noch mal, obwohl sie ja alles genau besprochen haben. Dusty trottet neben ihnen her und schnüffelt nur immer mal wieder an dem platten Reifen. Als wollte er ihnen sagen, dass da die Luft fehlt.

»Ja, Dusty, wissen wir«, ruft Paul ein bisschen genervt. »Komm her, bei Fuß!«

Alex ist mindestens ebenso nervös wie Paul. Und als sie an dem Tor ankommen, sagt sie: »Du schwörst, dass er nur ein bisschen ballaballa ist, ja?«

»Ballaballa, plemplem, durchgeknallt. Aber nicht gefährlich«, wiederholt Paul und kann Dusty gerade noch die Schnauze zuhalten, als der Alte aus seinem Haus kommt. Er hat wieder die schlammbespritzten Gummistiefel an, aber keine Jacke und keine Hose. Sondern hellgrüne, lange Unterhosen und ein langärmeliges Unterhemd dazu. Auch in hellgrün. So ähnlich wie *Luky Luke* manchmal aussieht.

Paul ist nur froh, dass der Alte diesmal sein Gewehr im Haus gelassen hat. Aber natürlich erkennt er Paul und Dusty gleich wieder. Und bevor Paul noch irgendwas erklären kann, blafft er ihn auch schon an: »Was wollt ihr hier? Ich habe euch doch gestern schon gesagt, dass ihr verschwinden sollt.«

»Ich weiß«, antwortet Paul schnell, während er Alex heimlich mit dem Ellbogen in die Seite stößt.

»Ich weiß, ich weiß«, macht ihn der Alte nach. »Ja und? Was lungert ihr dann hier noch rum?«

Im selben Moment fängt Alex laut an zu weinen. »Mein Reifen ist platt«, schluchzt sie. »Mein schöner Reifen, ganz platt und kaputt! Huuh!«

Sie übertreibt ein bisschen, findet Paul. Und auch Dusty spitzt die Ohren und legt den Kopf schief, als wäre er sich noch nicht ganz sicher, was er von Alex' Schluchzen halten soll.

Aber der Alte macht jetzt einen Schritt auf das Tor zu und runzelt die Stirn.

»Was hat sie denn?«, fragt er.

»Mein Reifen!«, heult Alex sofort wieder los. »Eben war er noch ganz voll Luft und jetzt ist er platt …«

»Ihr Reifen«, sagt Paul noch mal. Er deutet auf Alex: »Sie ist meine Schwester, und ihr Rad ist noch ganz neu. Wir wollten nur ein bisschen rumfahren, auf dem Weg am Waldrand und so, aber plötzlich hat es gezischt, und dann war der Reifen platt. Sie sehen es ja selbst, voll platt.«

Der Alte beugt sich ein Stück vor. »Das ist aber

kein neues Rad«, stellt er dann argwöhnisch fest. »Du hast doch behauptet, das Rad wäre neu. Ist es aber nicht.«

»Nee, ich meinte, neu gebraucht! Also wir haben das bei Ebay gekauft …«

»Und jetzt ist es kaputt!«, heult Alex.

»Und wenn mein Vater das sieht, ist er bestimmt sauer, und wir kriegen Ärger«, macht Paul schnell mit seiner Geschichte weiter. »Also unser Vater natürlich, weil Alex ja meine Schwester ist. Und ich bin übrigens Paul!«

»Euer Vater ist der Typ von gestern?«, fragt der Alte.

Paul nickt eifrig. »Und er ist oft sauer! Und wenn wir jetzt mit einem Platten nach Hause kommen, dann …« Paul streckt die Hand aus und streicht Alex über die Schulter. Als wollte er sie jetzt schon trösten, dass sie für die nächsten Wochen kein Taschengeld kriegt und auch nicht mehr rausdarf und mindestens hundert Mal den Satz schreiben muss: ICH DARF MIT MEINEM FAHRRAD NICHT DURCH ROSTIGE SCHRAUBEN FAHREN.

»Können Sie uns vielleicht helfen?«, fragt Paul so weinerlich, dass er selbst fast glaubt, er würde gleich losheulen. Und Dusty sich ganz dicht an ihn drängt, weil er inzwischen gar nicht mehr weiß, was los ist. »Ich meine nur«, stammelt Paul weiter. »Weil Sie doch auch ein Fahrrad haben. Und vielleicht ja auch Flickzeug!« Er zeigt zu dem Rad hinüber, das an der Hauswand lehnt, und zu dem selbst gebauten Anhänger dahinter, den er gestern schon gesehen hat. Weswegen er überhaupt erst auf die Idee mit dem platten Reifen gekommen ist. Weil er eins und eins zusammengezählt hat, ungefähr so wie ein Privatdetektiv in einem Krimi.

1. Auf dem Grundstück steht nirgends ein Auto. Es gibt auch gar keine Straße, die hierherführt. Der Alte hat also auch kein Auto.
2. Aber er hat ein Fahrrad. Mit einem Anhänger! Damit transportiert er wahrscheinlich alles, was er so braucht.
3. Und jemand, der alles mit dem Fahrrad macht, hat auch öfter mal einen Platten. Und deshalb unter Garantie auch Flickzeug!

Der Alte kratzt sich lange am Bart. Bis er endlich sagt: »Ich flicke euch den Reifen. Aber nur unter der Bedingung, dass sie aufhört zu heulen.« Er deutet mit dem Kopf auf Alex.

»Hör auf zu heulen, Schwesterlein«, sagt Paul

schnell zu Alex. »Dann hilft uns … äh, wie heißen Sie überhaupt?«

»Willi«, antwortet der Alte.

»Schöner Name«, sagt Paul. »Wenn ich nicht Paul heißen würde, fände ich Willi auch nicht schlecht.«

Diesmal verpasst ihm Alex einen Rippenstoß, damit er nicht noch mehr Blödsinn redet, aber der Alte hat sowieso nicht richtig hingehört.

»Dein Hund!«, sagt er. »Muss an die Leine.«

»Okay«, Paul bückt sich. Und er will gerade den Karabinerhaken an Dustys Halsband einklinken, als sich Dusty aus seinem Griff windet und sich an Willi vorbei durch das Tor quetscht. Gleich darauf hebt er die Nase und fängt an zu bellen. Und im nächsten Moment ist er hinter der Hausecke verschwunden.

Paul überlegt nicht lange, sondern spurtet ebenfalls los. Und Alex ist ihm dicht auf den Fersen!

Willi ruft: »He! Zurück! Sofort!«

Aber sie kümmern sich nicht um ihn. Als sie um die Hausecke herumkommen, bleibt Paul so abrupt stehen, dass Alex gegen ihn rennt und sie beide noch ein Stück nach vorne stolpern.

»W… w… was ist?«, stottert sie. »Warum … Oh Mann, was ist das?«

Sie klammert sich an Pauls Arm und starrt auf die Wäscheleine, die von der Hauswand zu einem rostigen Pfahl hinüber gespannt ist. Und unter der sich Dusty jaulend und winselnd im Kreis dreht. Und immer wieder versucht hochzuspringen, um an das Ding zu kommen, das da an der Leine hängt.

Paul braucht einen Augenblick, bis er kapiert, dass es ein Tier ist. Ein Tier, dem Willi das Fell abgezogen und das er dann mit den Hinterbeinen an die Leine gebunden hat, sodass es mit dem Kopf nach unten dicht über Dustys Schnauze baumelt.

»Ein Kaninchen«, sagt Paul leise. »Oder ein Hase.«

Er zuckt erschrocken zusammen, als er eine schwere Hand auf seiner Schulter spürt.

»Hol deinen Hund da weg«, befiehlt ihm Willi. »Ich hab doch gesagt, er muss an die Leine! Sonst glaubt er noch, dass ich den Mümmelmann da nur für ihn hingehängt hätte. Also los, Junge, jetzt mach schon …«

Paul lockt Dusty zu sich. Was gar nicht so einfach ist, weil er versucht, möglichst nicht allzu dicht an das blutige Fleisch über seinem Kopf zu kommen. Und weil Dusty natürlich kaum zu beruhigen ist!

Hinter sich hört er Alex fragen: »Haben Sie den Hasen etwa erschossen?«

»Natürlich«, antwortet Willi. »Der hat mir lange genug meinen Salat weggefressen. Und ich freu mich schon darauf, wenn er erst mal im Bratentopf vor sich hin schmurgelt. Dazu gibt es Klöße und Rotkohl! Und eine schöne dicke braune Soße.«

»Der arme Hase«, sagt Alex so leise, dass Willi es gar nicht mitkriegt, was wahrscheinlich auch besser ist, weil Alex nämlich gleich noch hinzusetzt: »Sie fänden es wahrscheinlich auch nicht witzig, wenn Ihnen irgendein Typ das Fell abziehe und Sie mit dem Kopf nach unten an eine blöde Wäscheleine hängen würde.«

»Ich hole schon mal das Rad von meiner Schwester!«, ruft Paul schnell, um Willi abzulenken. Er zieht Dusty mit sich zurück vors Haus. Und dabei beobachtet er ihn ganz genau, ob Dusty vielleicht anfängt, an der Türschwelle zu schnüffeln. Aber Dusty interessiert sich überhaupt nicht für die Haustür! Auch nicht, als Paul ihm ganz leise zuflüstert: »Such, Dusty. Such die Welpen von Bella!«

Dusty winselt nur kurz und will wieder zurück zur Hausecke, hinter der der totgeschossene Hase an der Leine baumelt. Und dann kommt auch schon Willi angestapft, um den Reifen zu reparieren.

Es dauert nicht lange, bis er die Schraube im Profil entdeckt hat.

»Komisch«, murmelt er. »Die hat sich ja richtig reingebohrt, da habt ihr aber Pech gehabt.«

Schnaubend richtet er sich auf und verschwindet im Haus. Es dauert keine Minute, bis er mit einer Blechschachtel zurückkommt, in der er sein Flickzeug hat.

Die Tür zum Haus lässt er offen. Paul wirft Alex einen kurzen Blick zu. Alex nickt. Und während Willi den Fahrradschlauch repariert, schleicht sie sich mit Dusty in den dunklen Flur.

»Sie müssen bestimmt öfter mal einen platten Reifen flicken«, versucht Paul, den Alten in ein Gespräch zu verwickeln. Damit er bloß nicht auf die Idee kommt, sich nach Alex und Dusty umzublicken. »Aber es gibt jetzt auch Reifen, die sollen unkaputtbar sein. Sind aber ziemlich teuer, fast dreimal so viel wie ein normaler Reifen. Und ich glaube auch nicht, dass sie wirklich nicht kaputtgehen. Jedenfalls nicht bei solchen Schrauben, oder was meinen Sie?«

»Papperlapapp. Alles dummes Zeug.«

»Genau. So sehe ich das auch«, sagt Paul und

hofft, dass Willi nicht gehört hat, wie im Haus irgendwas klapperte. Aber gleich darauf scheppert es so laut, dass Willi herumfährt und aufspringt.

Natürlich kapiert er sofort, wer da den Lärm bei ihm im Haus macht!

Er konnte ja nicht wissen, dass der Stuhl auf dem Fußboden gleich wegrutschen würde. Aber er musste hochspringen, um an die Pfanne zu kommen, die auf dem Tisch stand. Und Alex hatte ja auch die ganze Zeit gesagt: »Such, Dusty, such!« Ihm war schon klar, dass sie nicht die Pfanne meinte. Aber der Geruch, der da vom Tisch kam, war einfach zu gut, um irgendetwas anderes zu suchen.

Blöd, dass er mit dem Stuhl gegen die Kante geknallt ist. Und dass der Tisch so sehr gewackelt hat, dass die Pfanne runtergefallen ist. Obwohl er jetzt natürlich viel einfacher an die Würstchen kommt. Ohne erst auf den Tisch springen zu müssen!

Aber er hat noch kaum den ersten Bissen runtergeschlungen, als Alex ihn auch schon zurückzerrt. Dann sammelt sie schnell die anderen Würstchen auf und wirft sie zurück in die Pfanne. Und stellt die Pfanne zurück auf den Tisch.

Im selben Moment kommt der Mann in die Küche gestürmt. Und schimpft sofort los. So laut, dass Alex vor Schreck zurückweicht und wieder gegen den Stuhl stößt. Aber leider fällt die Pfanne diesmal nicht vom Tisch.

»Was macht ihr hier?«, schimpft der Mann. »Wieso habt ihr euch heimlich in meine Küche geschlichen?«

»Ich hab nur … Wasser gesucht«, stammelt Alex schnell. »Für Dusty. Weil er bestimmt Durst hat!«

Als Alex seinen Namen sagt, spitzt er die Ohren. Und er kennt auch die Wörter »Wasser« und »Durst«. Immer wenn Paul ihm nach dem Spielen etwas zu trinken hinstellt, sagt er: »Hier, frisches Wasser für dich, Dusty. Du hast doch bestimmt Durst!«

Deshalb leckt er sich jetzt auch mit der Zunge über die Schnauze. Und dann fängt er an zu hecheln. Er hat schon kapiert, dass Alex irgendwie in der Klemme steckt. Wahrscheinlich soll der Mann nicht mitkriegen, dass ein Würstchen fehlt!

Und der Trick mit dem Hecheln klappt!

Der Mann kratzt sich am Bart und sagt zu Alex: »Das hättest du auch gleich sagen können.«

Dann füllt er einen Suppenteller mit Wasser und stellt ihn auf den Boden: »Komm, hier, trink schön!«

Das Wasser schmeckt noch ein bisschen nach der Suppe, die vorher in dem Teller war. Deshalb schleckt er alles bis auf den letzten Tropfen auf.

»Schlauer Hund«, sagt der Mann und streckt die Hand aus, um ihn zu streicheln. Ganz kurz meint er,

an der Hand etwas zu riechen, was er kennt. Und es hat etwas mit Bella zu tun. Jetzt fällt ihm auch wieder ein, wie Bella gestern gejault hat, als der Mann sie aus seinem Haus getragen hat. Und wie viel Angst sie vor dem Mann hatte!

Er duckt sich und weicht ein Stück zurück. Als er anfängt zu knurren, sagt der Mann: »He, ich tu dir doch nichts. Komm«, lockt er ihn. »Ich geb dir ein Würstchen!«

7. Kapitel

Als Paul und Alex weit genug von Willis Haus entfernt sind, verstecken sie sich mit Dusty hinter ein paar Büschen am Waldrand, um zu beobachten, was Willi jetzt macht. Aber er ist im Haus verschwunden und lässt sich nicht mehr blicken.

»Komisch«, sagt Paul. »Ich hätte wetten können, dass er irgendwo hinwill. Du hast doch auch gesehen, wie er dauernd auf seine Uhr geguckt hat. Als müsste er sich beeilen!«

Alex nickt. »Stimmt. Ich dachte schon, er repariert auch meinen Reifen gar nicht mehr zu Ende. Und so schnell hat wahrscheinlich noch nie einer ein Rad wieder zusammengebaut.«

»Und er war eindeutig froh, als er das Tor hinter uns zugeknallt hat und wir weggefahren sind.«

Dusty drückt sich dicht an Pauls Beine und stößt ihn immer wieder mit der Schnauze an, als wollte er ihm etwas sagen.

»Was hast du denn, Dusty?«, fragt Paul. Er bückt sich und blickt Dusty genau in die Augen. »Mann, wenn du doch bloß reden könntest! – Kapierst du, was los ist?«, fragt er dann Alex. »Er hat doch irgendwas! Ich meine, das gab es ja auch noch nie, dass er ein Würstchen einfach liegen lässt!«

»Aber nur das Würstchen, das Willi ihm geben wollte«, überlegt Alex laut. »Als die Pfanne auf den Boden geknallt ist, hat er das andere Würstchen sofort runtergeschlungen. – Danke übrigens, dass du mich da in der Küche alleine mit dem Typen gelassen hast«, setzt sie dann hinzu und blickt Paul böse an. »Was sollte das überhaupt?«

»Erstens warst du nicht alleine, sondern hattest Dusty bei dir«, erklärt Paul. »Und zweitens hab ich die Zeit genutzt, um mich draußen ein bisschen umzugucken.«

»Echt? Und warum erzählst du mir das erst jetzt?«

»Vielleicht sind wir eben erst weg von Willi? Und außerdem gab es nichts zu erzählen. Null. Niente. Nada.«

»Was heißt das? Du musst doch irgendwas …«

Paul schüttelt den Kopf. »Also mal abgesehen davon, dass Willi Hasen abknallt, war da nichts Auffälliges weiter. Eher alles ganz normal. Ich habe auch durchs Fenster in sein Schlafzimmer geguckt. Bett, Schrank, Nachttisch. Das war's. Und mehr

Zimmer gibt es nicht, nur noch die Küche. Und hinten im Garten das Klo.« Paul zuckt mit der Schulter.

Als der Wind den Rauch aus Willis Schornstein in ihre Richtung weht, muss Dusty niesen. Im gleichen Moment sagt Alex: »Ich habe keinen Ofen gesehen! Und in der Küche war nur so ein Herd mit zwei Platten und einer Gasflasche drunter.«

»Mein Fehler«, gibt Paul zu. »Ich weiß, wo der Ofen ist. Im Schlafzimmer neben der Tür. Bett, Schrank, Nachttisch, Ofen. Ich hatte es nur schon wieder vergessen.«

»Und wieso heizt er jetzt im Sommer sein Schlafzimmer?«, fragt Alex und tippt sich an die Stirn. »Das ist doch voll ...«

»Ballaballa«, sagt Paul und grinst. »Plemplem, durchgeknallt. Wussten wir ja schon. Aber noch mal von vorne. Was wissen wir überhaupt von Willi?« Paul nimmt seine Finger zu Hilfe, um aufzuzählen, was ihm einfällt. »Er mag keine anderen Leute. Er wohnt alleine im Moor. Er hat ein Gewehr. Er ballert auf Hasen und vielleicht auch noch auf andere Tiere ...«

»Er kann gut Fahrradreifen flicken«, macht Alex weiter. »Und genau da wird es komisch!«

»Hä?«, macht Paul. »Wieso? Ist doch logisch!

Er hat kein Auto, sondern macht alles mit seinem Fahrrad und dem Anhänger hintendran. Ist doch klar, dass er dann natürlich auch jede Menge Ahnung davon hat, wie man einen Reifen flickt!«

»Das meine ich nicht«, erwidert Alex. »Aber überleg mal, was du erzählt hast, wie er gestern rumgebrüllt hat. Und als wir vorhin kamen, war er ja wohl auch nicht gerade freundlich. Aber trotzdem …«

»Jetzt kapier ich, was du meinst«, sagt Paul und nickt. »Er ist eigentlich total unfreundlich. Aber er hat uns trotzdem den Reifen repariert. Das ist komisch, stimmt.«

»Mach weiter!«, sagt Alex und blickt Paul an, als müsste er selber wissen, dass er noch etwas vergessen hat.

»Was denn?«, fragt Paul irritiert. »Er hat uns geholfen, obwohl er sonst nicht besonders nett ist. Okay, das ist komisch, hatte ich ja schon gesagt. Und was noch?«

»Echt, du raffst es nicht, oder?« Alex schüttelt den Kopf, als wäre Paul wirklich ein bisschen schwer von Begriff. Und als wäre sie gerade sehr enttäuscht von ihm! Manchmal nervt sie ihn ganz gewaltig. Vor allem wenn sie sich so benimmt wie die Mathelehrerin in ihrer Schule. Die Paul auch immer nur kopfschüttelnd anblickt. Sogar dann, wenn seine Antwort ganz sicher nicht falsch gewesen sein kann. Weil er nämlich für alle Fälle lieber gar nichts gesagt hat.

Aber er weiß natürlich auch, dass es unfair wäre, sich gerade jetzt mit Alex zu streiten. Weil sie sowieso ziemlich schlecht drauf ist. Was ja auch nur logisch ist. Sie macht sich Sorgen! Wegen Bella, die noch bei der Tierärztin bleiben muss. Und wegen Bellas Welpen, die verschwunden sind …

Im selben Moment, in dem er an Bella denkt, schlägt sich Paul auch schon mit der flachen Hand vor die Stirn. »Alles klar, jetzt kapiere ich, was du meinst. Willi hat ja genau gewusst, wer wir sind, weil er Dusty und mich natürlich wiedererkannt hat. Und mein Vater und ich haben ihm gestern erzählt, Bella würde zu uns gehören. Und heute habe ich behauptet, du wärst meine Schwester …«

»Und dann waren wir mindestens eine halbe Stunde bei ihm, bis er den Reifen fertig geflickt hatte, aber …«

»Aber er hat nicht ein einziges Mal nach Bella gefragt«, bringt Paul den Satz zu Ende. »Als hätte er längst vergessen, dass er es ja war, der Bella gestern aus dem Wald in sein Haus geschleppt hat.«

»Bingo!«, sagt Alex. »Er hätte doch wenigstens

fragen müssen, wie es Bella geht oder so was. Oder ob wir inzwischen rausgefunden haben, was mit ihren Welpen passiert ist. Aber nichts, null! Ich finde, das ist irgendwie …«

»Mehr als einfach nur ballaballa«, stimmt Paul ihr zu. »Als wollte er unbedingt vermeiden, dass wir noch mal was wegen Bella sagen. Aber vielleicht ist das auch genau der Grund!«, ruft er gleich darauf. »Willi hat vielleicht ein schlechtes Gewissen, verstehst du? Weil er Bella gestern erst nicht rausrücken wollte. Und wenn das alles stimmt, was er sagt, dass er sie vor dem Fuchs gerettet hat und so, wollte er sie ja vielleicht für sich behalten!«

»Und könnte es dann auch sein, dass …«

»Nein«, unterbricht Paul seine Freundin sofort. »Du warst doch eben selber bei ihm. Wir waren sogar bei ihm im Haus, du hast die Küche gesehen, ich habe durchs Fenster in sein Schlafzimmer geguckt. Und Dusty hat auch nichts gewittert! Die Welpen sind nicht bei Willi.«

Paul sieht, wie Alex plötzlich den Kopf hebt und an ihm vorbei hinüber zu Willis Haus blickt. Auch Dusty spitzt die Ohren. Und winselt leise.

Alex packt fest nach Pauls Arm. »Da ist er!«

Diesmal trägt Willi eine lange Axt unter seinem Arm. Er holt einen Hackklotz aus der Ecke neben der Regentonne und stellt ihn auf die Steine vor der Haustür. Dann schleppt er ein paar dicke Äste aus dem Garten herüber, die schon in gleich lange Stücke gesägt sind. Und dann fängt er an, Holz zu hacken.

»Was soll das?«, fragt Alex. »Draußen sind mindestens … fünfundzwanzig Grad! Und sein Schornstein qualmt doch schon wie verrückt. Will er das etwa noch heißer in seinem Schlafzimmer haben?«

»Irgendwas stimmt hier nicht«, sagt Paul. »Aber es bringt auch nichts, wenn wir hier noch lange rumhocken. Außerdem muss ich jetzt auch mal los! Ich will noch kurz zu der Schutzhütte im Moor, bevor ich Karlotta abhole. – He, hörst du mir überhaupt zu? Alex, ich habe dir gerade …«

Alex hebt die Hand, dass er still sein soll. Dann deutet sie auf Dusty. Und sie hat recht! Dusty hat die Ohren gespitzt und zieht immer wieder die Luft in die Nase, als würde er etwas wittern. Aber er hat den Kopf nicht zum Haus hin gedreht, sondern in die andere Richtung. Wo der Pfad am Moorgraben entlang bis zu den Felsen am Waldrand führt.

Er ist sich absolut sicher, dass er etwas gehört hat. Aber gleich darauf ist alles wieder still. Und der Wind weht ihm wieder den Rauch aus dem Schornstein in die Nase, sodass er nichts anderes mehr riechen kann.

Paul streichelt ihm ein paar Mal übers Fell, dann steigen er und Alex auf ihre Räder und fahren los.

Er bleibt dicht neben ihnen, und als der Pfad zu schmal wird, überholt er die beiden und läuft vor ihnen her. Dabei spitzt er immer wieder die Ohren, aber das Einzige, was er jetzt hört, ist das Klappern von Pauls Schutzblech.

Als sie an den Felsen sind und Paul und Alex anhalten, riecht er ganz deutlich die Rehe, die hier irgendwo in der Nähe sein müssen. Aber da ist auch noch ein anderer Geruch, der ihm bekannt vorkommt. Und er braucht auch nicht lange, bis er die Fußspuren in dem matschigen Boden zwischen den Steinen entdeckt hat. Jetzt weiß er, woher er den Geruch kennt. Und am liebsten würde er möglichst schnell weiterrennen. Weg von den Spuren!

Er blickt zu Paul und Alex. Sie reden miteinander. Und dann steigen sie beide wieder auf ihre Räder.

Alex winkt und biegt auf den Weg ein, der durch den Wald zum alten Schwimmbad führt. Erleichtert will er Alex gerade folgen, als Paul ihn zurückruft.

»Alex fährt zu Bella«, erklärt er ihm. »Aber wir müssen in die andere Richtung, da lang, zum Moor.« Paul zeigt genau dahin, wo die Spuren im Matsch sind. Und fährt los. Und pfeift, damit er hinter ihm herläuft. Aber er rührt sich nicht. Auch nicht, als Paul anfängt zu schimpfen und ihn an die Leine nimmt. Er stemmt nur die Vorderpfoten auf den Boden und biegt den Kopf nach hinten.

8. Kapitel

»Echt, du nervst!«, regt sich Paul auf. »Was ist denn jetzt schon wieder?« Erst als Dusty ihn mit seinen klugen Augen anblickt, sagt er: »Okay, sorry, Kumpel, war nicht so gemeint. Das Problem ist nur, dass wir uns langsam mal beeilen müssen, wenn wir alles noch schaffen wollen. In einer Stunde sollen wir schon Karlotta abholen, erinnerst du dich? Aber vorher will ich noch zu dieser Schutzhütte im Moor, damit ich morgen auch den Weg ganz genau kenne. Das macht man so als echter Scout, alles klar?«

Er will wieder auf sein Rad steigen, aber Dusty setzt sich nur auf die Hinterbeine und klopft mit der Schwanzspitze auf den Boden.

Paul bückt sich und macht die Leine los. »So. Jetzt zeig mir mal, wo du hinwillst.«

Dusty läuft ein paar Meter in die Richtung, in der Alex verschwunden ist. Dann hält er an und blickt mit schief gelegtem Kopf zu Paul zurück.

»Nein!«, ruft Paul. »Ich hab's dir doch erklärt.

Wir fahren nicht nach Hause und auch nicht zu Bella!«

Als er sich umdreht und sein Rad zwischen den Felsen hindurchschiebt, fängt Dusty an zu bellen. Und als Paul trotzdem einfach weitergeht, kommt Dusty hinter ihm hergerannt. Und springt an ihm hoch, als wollte er ihn festhalten.

»Hör auf mit dem Quatsch, Dusty!«, sagt Paul genervt. »Es reicht, echt. – Guck mal da«, ruft er im nächsten Augenblick. »Siehst du die Spuren vor uns? Fahrradspuren! Und ziemlich frisch, würde ich sagen. Sieht fast so aus, als wären da noch andere Leute unterwegs ins Moor. Oder es waren welche im Moor und sind schon wieder weg.«

Dusty bellt und trappelt nervös mit den Vorderpfoten.

»Ach so«, sagt Paul. »Das wolltest du mir erzählen! Alles klar, du hast die Spuren schon vor mir entdeckt. Aber das ist doch kein Grund, um sich so aufzuregen. Es ist alles in Ordnung, glaub mir, Alter. Auch wenn sie noch da sind, ist doch egal. Wahrscheinlich treffen wir sie ja auch, so viele Wege durchs Moor gibt es ja nicht.«

Er streichelt Dusty beruhigend über den Kopf, bevor er sich die Spuren noch mal genauer ansieht.

»Mindestens drei Fahrräder«, murmelt er dabei vor sich hin. »Ziemlich dicke Reifen, sieht nach Mountainbikes aus. Blöd! Wenn wir echte Spurenleser wären, Dusty, könnten wir genau sagen, wann sie in welche Richtung gefahren sind. Und wahrscheinlich sogar, wie schwer die Leute auf den Bikes waren! Damit wüssten wir auch, ob es zum Beispiel Erwachsene waren. Nee, stimmt gar nicht, es könnten natürlich auch Jugendliche sein, die einfach nur ziemlich dick sind und deshalb genau so viel wiegen wie Erwachsene …«

Dusty schien verstanden zu haben, dass die Spuren keine Gefahr bedeuten. Er hat aufgehört zu bellen und folgt Paul, als sie auf dem schmalen Damm zwischen den Moortümpeln weiterfahren. Erst als sie an den breiten Graben mit der Holzbrücke kommen, fängt er plötzlich wieder an zu knurren. Aber im gleichen Augenblick sieht Paul die Mountainbikes, die an den windschiefen Birkenstämmen neben dem Graben lehnen.

»Ganz ruhig, Dusty! Die Bikes stehen da nur, weil die Brücke so schmal ist, dass ein Fahrradlenker gar nicht zwischen dem Geländer links und rechts durchpassen würde. Deshalb lassen wir mein Rad auch hier«, erklärt er Dusty. »Aber siehst du, wir haben uns nicht geirrt. Es sind drei Mountainbikes. Also auch drei Leute! Wahrscheinlich sind sie auch zur Schutzhütte gelaufen. Oder zu dem Holzturm, auf dem man die Vögel beobachten kann.«

Paul schließt sein Fahrrad ab und wartet, bis Dusty an einen der Pfosten von der Brücke gepinkelt hat. Dann läuft er vor Dusty her auf die andere Seite des Grabens.

»Morgen müssen wir gut aufpassen!«, ruft er Dusty über die Schulter zurück zu. »Damit Karlottas Kumpels nicht auf die Idee kommen, unter dem Geländer durchgucken zu wollen, und aus Versehen in die braune Brühe klatschen. Ich habe jedenfalls keine Lust, hinterherspringen zu müssen, um so einen neugierigen Zwerg zu retten.«

Hinter der Brücke windet sich der Pfad weiter zwischen den Moortümpeln hindurch. Deutlich kann Paul die Fußspuren in dem Morast sehen. Er tippt auf Turnschuhe, für Gummistiefel ist das Profil zu flach.

Ab und zu zweigen noch schmalere Pfade ab und führen um Büsche und abgestorbene Birken herum. Ein paar Mal entdeckt Paul auch Tierspuren, von Rehen vielleicht. Oder Hasen!

Obwohl er mit seinen Eltern schon ein paar Mal einen Ausflug zur Schutzhütte gemacht hat, ist er jetzt doch froh, dass immer mal wieder ein Pfosten mit einem Hinweisschild in den Moorboden gerammt ist. Vor allem an der Wegkreuzung, wo es links zur Schutzhütte geht und rechts zu dem Aussichtsturm. Ohne das Schild, auf dem SCHUTZHÜTTE steht, wäre sich Paul gerade nicht ganz sicher gewesen, in welche Richtung er laufen muss.

Auch die Fußspuren führen auf dem Pfad weiter, dem Paul und Dusty folgen. Die Leute vor uns sind also wahrscheinlich keine Typen, die die Vögel und Enten im Moor beobachten wollen, denkt Paul noch, als er das Kaugummipapier zwischen dem Wollgras in der Sonne glänzen sieht. Und in dem Moorloch daneben schwimmt eine verbeulte Coladose. Weshalb Paul sofort an die Stelle neben dem Parkplatz vom Waldschwimmbad denken muss, wo er gestern mit seinem Vater die geklauten Schilder von der Landstraße gefunden hat. Im selben Moment fällt ihm wieder ein, dass Dusty auch da schon so komisch reagiert hat. Als ob er Angst gehabt hätte. Genauso wie vorhin oben an dem Felsen …

Auf einmal hat Paul das Gefühl, als würde ihm eine Gänsehaut über den Rücken laufen. Unwillkürlich zieht er die Schultern hoch und blickt sich um. Aber da ist nichts außer den Moortümpeln und den bleich schimmernden Wurzeln, die aus dem schwarzbraunen Wasser ragen.

Er pfeift nach Dusty und nimmt ihn wieder an die Leine. Ohne eigentlich zu wissen, weshalb. Dusty hat den Schwanz zwischen die Beine geklemmt und stößt Paul mit der Schnauze an, als wollte er ihn vor irgendetwas warnen. Im selben Moment flattert ein Stück vor ihnen ein Fasan aus dem Gebüsch.

»Das ist nur ein Fasan, der sich erschrocken hat«, sagt Paul.

Er blickt noch hinter dem Fasan her, als Dusty plötzlich an der Leine zerrt und wütend zu bellen anfängt.

»He, alles in Ordnung«, versucht Paul, seinen Hund zu beruhigen. Aber Dusty hört nicht auf, das Gebüsch anzubellen, und Paul hat immer mehr das Gefühl, dass irgendetwas nicht stimmt.

Aber die Büsche sehen aus … wie Büsche eben. Und da bewegt sich auch nichts.

Paul blickt sich wieder um. Und diesmal sieht er, wie hinter der letzten Wegbiegung gerade noch jemand zurückweicht. So schnell, dass Paul nur für eine Sekunde eine Bewegung ausmachen kann. Aber das reicht, um sich sicher zu sein, dass da jemand ist, der nicht will, dass Paul ihn sieht.

Erst als Dusty noch wütender bellt und weiter an der Leine zerrt, blickt Paul wieder nach vorne.

Für einen kurzen Moment meint er, dass sein Herzschlag aussetzt. Jetzt ist klar, warum Dusty sich so aufregt!

Direkt neben dem Gebüsch, aus dem der Fasan gekommen ist, stehen zwei Typen auf dem Weg. Beide mit Cargohosen in Tarnfleckmuster. Und beide auch mit Baseballcaps, die nach hinten gedreht sind.

Paul ist sofort klar, dass das die Jugendlichen sein müssen, von denen auch Alex schon erzählt hat. Und die wahrscheinlich auch die Schilder von der Landstraße abmontiert und in den Wald geschmissen haben.

Wenn er sich nicht täuscht, müssen sie so zwei, drei Jahre älter sein als er. Genau wie Alex gesagt hat. Aber so wie sie da auf dem Weg rumlungern, werden sie ihn ganz sicher nicht einfach vorbeilassen ...

Jetzt kommen sie ganz langsam auf ihn zu. Paul sieht, dass der eine von ihnen etwas hinter seinem Rücken versteckt hält. Vielleicht einen Stock.

Ein paar Meter vor ihm bleiben sie wieder stehen. Dusty knurrt jetzt böse und hat das Nackenhaar aufgestellt.

»Willst du irgendwohin?«, fragt der, der die Hand hinter dem Rücken hat. Der andere grinst nur und schmatzt auf seinem Kaugummi.

»Ja«, antwortet Paul. »Zu der Schutzhütte.«

Jetzt holt der Typ tatsächlich einen Stock hinter seinem Rücken hervor. Er lässt ihn ein paarmal durch Luft zischen, bevor er sagt: »Geht nicht. Siehst du doch selber. Der Weg ist zu schmal. Da kommst du leider nicht an uns vorbei.«

Paul sieht, wie Dusty alle Muskeln angespannt hat und den Stock nicht aus den Augen lässt.

»Aber vielleicht willst du ja mit deinem Köter ein bisschen baden gehen«, schlägt der Stocktyp grinsend vor. »Schönen Köpper und rein in die Brühe. Oder kannst du etwa nicht schwimmen?«

Er stößt seinen Kaugummi-Kumpel an. Dann klatschen sie sich ab.

»Herrchen geht jetzt gleich baden«, tut der mit dem Stock so, als würde er es Dusty erklären.

»Und Hundchen schwimmt hinterher!«, sagt der andere und spuckt seinen Kaugummi zu Dusty.

Paul kapiert nicht, wieso die Typen überhaupt keine Angst vor Dusty haben. Aber vielleicht sind sie einfach zu blöd, denkt er …

Er bückt sich und zieht Dusty am Halsband neben sich.

»He, Leute«, sagt er dann. »Ich will echt keinen Ärger mit euch. Aber wenn ihr mich nicht in Ruhe lasst, dann … mache ich meinen Hund los. Und dann habt ihr ein Problem.«

»Da hält sich wohl einer für besonders schlau, was?«

Die Stimme hinter Paul kommt so unerwartet, dass er vor Schreck zur Seite springt und fast in dem Moorloch neben sich landet. Dusty dreht sich vor und zurück und verheddert sich in der Leine. Die Typen grinsen wieder nur.

Paul ärgert sich über sich selbst. Er hat ja genau gewusst, dass da hinter ihm noch einer war! Er hat nur blöderweise nicht mehr daran gedacht, als die anderen ihm den Weg versperrt haben. Und der Typ hier ist der Anführer von der Bande, das kapiert Paul sofort. Nicht nur weil er ein schwarzes Piratentuch mit lauter Totenköpfen drauf umgebunden hat, sondern an der ganzen Art, wie er Paul fast freundlich anlächelt. Als gäbe es niemanden auf der Welt, der ihm irgendetwas tun könnte.

»Guck mal, was ich hier habe«, sagt der Bandenboss jetzt und hält eine kleine schwarze Dose hoch. »Na, was glaubst du, wer das Problem hat, wenn du deinen Köter losmachst?«

Die Dose ist eine Spraydose. Und noch bevor

Paul die Aufschrift unter dem Warnzeichen lesen kann, weiß er, warum die Typen so sicher sind, dass Dusty ihnen nichts tun kann. Ihr Anführer hat Pfefferspray dabei! Und Paul zweifelt nicht daran, dass er es auch sofort benutzen wird, wenn Dusty einen von ihnen angreift.

Er weiß, dass sich die fremden Jungen nicht einschüchtern lassen. Es ist völlig egal, wie sehr er sie anbellt. Sie haben keine Angst vor ihm. Auch nicht, als er die Zähne über die Lefzen zurückzieht und tief unten in der Kehle knurrt. Sie weichen zwar ein Stück zurück, aber sie hauen nicht ab.

Und natürlich erinnert er sich noch genau, wie sie im Wald mit Steinen nach ihm geworfen haben. Der Junge mit dem Piratentuch war der, der ihn an der Schulter getroffen hat. Es ist wichtig, dass er ihn nicht aus den Augen lässt, und er muss immer zwischen ihm und Paul bleiben, damit Paul nichts passiert. Aber er muss auch auf die anderen achten, weil der eine von ihnen einen Stock hat!

Obwohl das schwarze Ding, das der Junge mit dem Piratentuch immer vor sich hält, bestimmt gefährlicher ist als der Stock. Er hat genau gesehen, wie sich Paul erschrocken hat, als der andere das schwarze Ding auf ihn gerichtet hat. Paul hat ihn fast umgeworfen, als er ihn gepackt und seinen Kopf von dem Ding weggedreht hat. Und die fremden Jungen haben laut gelacht, als wäre es witzig, dass Paul Angst hat.

Sie lachen auch jetzt wieder, als Paul ruft: »He, hört auf mit dem Quatsch! Das ist nicht lustig, Leute! Was wollt ihr überhaupt von mir? Ich habe euch nichts getan! Und mein Hund auch nicht …«

»Das ist unser Weg hier«, antwortet der Junge mit dem Piratentuch. »Unser Moor. Unser Wald. Unsere Stadt. Kapiert? Los, sag es: Wem gehört der Weg hier? Und der Wald und die ganze Stadt?«

Der Junge nimmt das komische schwarze Ding hoch und macht einen Schritt auf Paul zu.

Alle starren jetzt auf Paul. Und er überlegt nicht mehr lange, sondern drückt nur mit aller Kraft die Pfoten ab und springt. Mit seinem ganzen Gewicht prallt er gegen den ausgestreckten Arm, mit dem der Junge Paul bedroht. Noch bevor er wieder auf dem Boden aufkommt, sieht er das schwarze Ding durch die Luft fliegen und ins Wasser klatschen.

Der Junge schreit wütend auf und will sich auf Paul stürzen, aber Paul duckt sich zur Seite weg. Und er schnappt mit gefletschten Zähnen nach dem Hosenbein des Jungen, der ihm ausweichen will und genau deshalb auf die anderen zustolpert. Und deshalb auch den Schlag mit dem Stock abbekommt, der eigentlich Paul gelten sollte!

»Los, Dusty, komm schnell«, hört er Paul rufen. »Wir hauen ab!«

Er sieht, wie Paul losrennt. Und bellt kurz als Antwort, aber dann dreht er sich noch mal um. Und bevor die Jungen überhaupt kapieren, was passiert, hat er sich schon das Ende des Stocks geschnappt, den der eine immer noch mit den Händen gepackt hält. Er knurrt und zerrt an dem Stock, und er hat Glück, der Junge fällt auf seinen Trick rein und lässt nicht los, sondern zerrt zurück.

Er stemmt die Pfoten in den Boden und reißt mit einem Ruck den Kopf zurück, sodass der Junge noch fester zupackt und sich mit aller Kraft nach hinten wirft.

Und genau in dem Moment lässt er los. Der Junge torkelt zurück und will sich noch irgendwo festhalten, aber dabei prallt er gegen die anderen …

Er rennt bereits los, um Paul mit großen Sprüngen zu folgen, als er es hinter sich laut klatschen hört. Und dann das wütende Gebrüll der Jungen.

»Super, Dusty!«, lobt ihn Paul, während sie dicht nebeneinander über den schmalen Pfad hetzen. »Das war echt spitze! Ich wette, das werden die Typen nicht so schnell vergessen!«

9. Kapitel

Paul und Dusty schaffen es gerade noch rechtzeitig. Also fast rechtzeitig jedenfalls, wenn man mal davon absieht, dass schon alle anderen weg sind. Und dass nur noch die Erzieherin mit Karlotta an der Hand vor der verschlossenen Tür steht und auf Paul wartet.

»Sorry«, ruft Paul, während er eine Vollbremsung hinlegt und von seinem Rad springt. »Es hat ein paar Minuten länger gedauert, weil wir ein kleines Problem hatten! Aber Dusty und ich haben das ganz gut gelöst, alles paletti!«

Dusty wedelt mit dem Schwanz und rennt zu Karlotta, um sie zu begrüßen. Dann setzt er sich genau vor die Kindergärtnerin und hält den Kopf ein bisschen schief.

»Er will sich auch für die kleine Verspätung entschuldigen«, erklärt Paul schnell, obwohl er natürlich genau weiß, dass Dusty die Erzieherin nur anbettelt, damit sie ihm etwas von dem Studentenfutter abgibt, das sie immer in der Tasche hat.

Es ist zwar bestimmt ein paar Wochen her, seit sie die Kindergärtnerin das letzte Mal getroffen haben. Aber Dusty hat sich offensichtlich gemerkt, dass sie ihm da ein paar Nüsse gegeben hat. Und als sie jetzt nicht gleich reagiert, macht er erst Männchen. Und dann Rolle. Und dann hält er die rechte Vorderpfote hoch. Als wollte er die Erzieherin auffordern, sich mit ihm abzuklatschen. Und es klappt mal wieder, wie fast immer, wenn Dusty jemanden mit seinen klugen Augen anblickt und bettelt.

Die Erzieherin muss lachen. Und vergisst ganz, dass sie eigentlich sauer auf Paul ist. Sie hält Dusty eine Haselnuss hin und lobt ihn dafür, wie vorsichtig er sich die Nuss nur mit den Lippen von ihrer flachen Hand nimmt. Dann blickt sie zu Paul: »Aber morgen musst du wirklich pünktlich sein, Paul! Kann ich mich darauf verlassen?«

»Kein Ding«, sagt Paul. »Dusty und ich kommen mit dem Fahrrad zum Parkplatz am Waldschwimmbad. Um neun! Wir können ja auf alle Fälle auch schon kurz vorher da sein.«

»Ich glaube, das wäre mir sogar sehr recht«, antwortet die Erzieherin. Wobei Paul sich nicht ganz sicher ist, wie sie das meint. Er hat den leisen Verdacht, sie glaubt ihm nicht so ganz, dass er wirklich pünktlich sein würde!

Aber sie lächelt ihn nur an und gibt ihm zum Abschied die Hand. »Bis morgen!«

»Geht klar«, antwortet Paul und kann es nicht lassen, ganz schnell noch hinzuzusetzen: »Dusty und ich erwarten euch um Punkt neun. Allerspätestens!«

»Tschüss, bis morgen«, ruft Karlotta hinter ihr her, als die Erzieherin noch mal winkt und in ihren VW-Bus steigt, mit dem sie morgen auch die Kinder bis zum Parkplatz bringen will. Weil der Bulli zwei Sitzbänke hinten hat, für sechs Leute. Genauso viele, wie sie auch in Karlottas Gruppe sind!

»Kann ich mal was fragen?« Karlotta zupft Paul am Ärmel.

»Klar. Was gibt's?«

»Es sind aber drei Fragen!«

»Dann fang am besten mit der ersten an!«, sagt Paul. Er grinst, weil er es witzig findet, wenn Karlotta so ernsthaft tut …, obwohl sie gerade mal in der ersten Klasse ist.

Das Grinsen vergeht ihm allerdings ziemlich schnell, als sie auf sein Fahrrad zeigt und fragt: »Haben wir mal wieder nicht richtig nachgedacht, großer Bruder?«

Vorbei mit witzig, denkt Paul. Denn Karlotta hat natürlich recht! Er hat nicht nachgedacht! Sein Bike hat nämlich keinen Gepäckträger. Und natürlich erst recht keinen Kindersitz. Aber er hatte ja Karlotta auch eigentlich zu Fuß abholen wollen. Nur dass er dann garantiert noch nicht mal halbwegs pünktlich gewesen wäre.

»Und wenn es Absicht gewesen wäre, dass ich mit meinem Bike gekommen bin?«, fragt er Karlotta. Weil er keine Lust hat, zugeben zu müssen, dass er Mist gebaut hat. Und weil es ihn gewaltig nervt, dass seine kleine Schwester zu allem Überfluss auch noch »mal wieder« gesagt hat. Als ob er andauernd irgendwas falsch machen würde.

»Wieso Absicht? Kapier ich nicht«, sagt Karlotta.

»Ich dachte, du freust dich, wenn du alleine auf meinem Rad fahren darfst«, behauptet Paul.

»Hä?«, macht Karlotta und zeigt ihm einen Vogel. »Wie soll das denn gehen? Ich bin doch viel zu klein für dein Fahrrad!«

»Ich helf dir.«

Paul hebt Karlotta hoch und setzt sie auf den Sattel. »Festhalten!«, ruft er. »Und lenken!«

Er klappt den Ständer hoch und schiebt Karlotta vorwärts. Zuerst ist das Ganze noch eine ziemlich wacklige Angelegenheit, aber nach ein paar Metern geht es besser. Und Karlotta strahlt übers ganze Gesicht, so stolz ist sie!

Dusty springt neben ihnen her und bellt. Und als Karlotta ruft: »Schneller!«, fängt Paul an, mit ihr zu rennen.

Ein Mann im Anzug mit einem silbernen Rollkoffer muss sich dicht an den Zaun drücken, um sie vorbeizulassen.

»Unverschämtheit!«, schimpft er laut hinter ihnen her. »Es ist verboten, mit dem Fahrrad auf dem Fußweg zu fahren!«

»Rollkoffer auf dem Fußweg sind auch verboten!«, ruft Paul zurück und rennt noch ein bisschen schneller.

Und Karlotta kreischt: »Verboten! Verboten! Verboten!«

Aber plötzlich fängt sie an zu zappeln und will vom Rad springen. Paul kann gerade noch stoppen und sie festhalten.

»Was machst du denn? Was ist los?«

»Ich habe doch noch zwei Fragen, schon vergessen?«

Paul verdreht die Augen. »Und deshalb willst du in voller Fahrt abspringen?«

»Die Fragen sind wichtig«, erklärt Karlotta. »Was ist mit Bella? Hat sie schon ihre Jungen?«

»Weiß ich nicht, keine Ahnung. Ich habe heute noch nicht mit Alex geredet«, lügt Paul. »Aber wenn die Welpen da wären, hätte Alex sich bestimmt gemeldet. Ich rufe sie nachher mal an, okay?«

»Sag ihr auch gleich, dass ich sehr intrisiert bin.«

»Interessiert, meinst du«, korrigiert Paul. »Aber woran bist du interessiert?«

»Oh Mann, Paul! Das ist doch wohl klar! An einem von Bellas Kindern natürlich. Was meinst du, soll ich mir lieber einen Jungen oder ein Mädchen aussuchen?«

»Puh!«, macht Paul und weiß nicht so richtig, was er antworten soll. »Meinst du nicht, dass wir erst mal mit Mama und Papa reden sollten, ob das überhaupt geht?«

»Aber wenn sie Ja sagen, was soll ich dann nehmen: Junge oder Mädchen?«

»Schwierig«, sagt Paul. »Darüber muss ich erst noch nachdenken. – Aber du hattest ja drei Fragen«, versucht er, Karlotta erst mal abzulenken. »Was wolltest du denn noch wissen?«

Im selben Moment, in dem er Karlottas Gesichtsausdruck sieht, weiß er, dass er besser nicht nachgefragt hätte.

»Ich bin ja nicht doof«, erklärt Karlotta und runzelt die Stirn, bis zwei senkrechte Falten zwischen ihren Augenbrauen stehen. »Als du zu spät gekommen bist, hast du was von einem Problem erzählt.«

Paul nickt, während er schon verzweifelt überlegt, was er Karlotta jetzt sagen soll.

»Ist nicht so wichtig«, behauptet er.

»Haha!«, macht Karlotta. »Entweder du erzählst mir jetzt alles, oder ich sage zu Hause, dass du nicht pünktlich warst.«

»Du nervst, aber echt!«, regt sich Paul auf. Im gleichen Moment weiß er, wie er aus der Zwickmühle wieder rauskommt. »Okay, wenn du es unbedingt wissen willst. Aber du darfst niemandem etwas davon sagen, schwörst du das?«

»Ich schwöre«, flüstert Karlotta und blickt ihn mit weit aufgerissenen Augen an, als würde er gleich etwas erzählen, was mindestens so schlimm ist wie das Bild vorne auf dem Krimi, den Simone gerade liest.

»Ich habe gelogen«, lügt Paul. »Es gab überhaupt kein Problem. Das habe ich nur gesagt, weil ich vergessen hatte, dass ich dich ja abholen soll. Aber denk daran, du hast geschworen, dass du es niemandem verrätst!«

Karlotta nickt nur. Aber Paul ist sich fast sicher, dass sie das Geheimnis kaum länger als bis zum Abendessen für sich behalten kann.

Als er mit Karlotta nach Hause kommt, ist sein Vater schon wieder da. Er steht mit Frau Besenbinder am Gartentor. Und die Nachbarin war eigentlich nur gekommen, um Karlotta zu fragen, ob sie zusammen Zimtschnecken backen wollen. Weshalb Karlotta jetzt begeistert mit zu Frau Besenbinder läuft.

»Hast du ihr schon was gesagt?«, fragt Peter, kaum dass Karlotta außer Hörweite ist. »Wegen der Welpen, meine ich.«

»Nein, noch nicht.«

»Ich fürchte, wir werden ihr irgendwas erklären müssen.«

»Fürchte ich auch«, sagt Paul. »Am besten ist es bestimmt, wenn Mama das macht.«

»Unbedingt«, meint Pauls Vater erleichtert. »Simone wird das schon hinkriegen.

Manchmal fragt sich Paul tatsächlich, was sein Vater eigentlich ohne Simone machen würde. Und ob dann überhaupt noch IRGENDWAS bei ihnen klappen würde. Wahrscheinlich nicht, denkt er.

»Ich fahr mal eben noch zu der Tierärztin«, informiert er Peter. »Alex ist auch da, und dann kann ich Karlotta heute Abend wenigstens schon mal erzählen, wie es Bella geht. Vielleicht behaupten wir einfach, dass sie die Welpen immer noch nicht gekriegt hat.«

Zehn Minuten später hockt Paul mit Alex im

Garten hinter der Tierarztpraxis. Bella geht es ein bisschen besser, sie hat auch getrunken und gefressen. Jetzt liegt sie in der Sonne auf dem Rasen und schläft.

»Ich glaube, sie ist sehr traurig«, sagt Alex. »Sie vermisst natürlich ihre Babys. Vorhin ist sie schon ein paarmal bis zum Zaun gelaufen, als ob sie nach ihnen suchen würde.«

»Spätestens nach dem Ausflug morgen wird Karlotta rumnerven, dass sie Bella und die Welpen sehen will«, erklärt Paul. »Aber nachher werde ich erst mal sagen, dass die Welpen noch nicht da sind. Nur dass du Bescheid weißt, falls du sie triffst.«

»Okay«, erwidert Alex, aber gleich darauf schnieft sie und dreht den Kopf zur Seite.

Paul ist klar, dass sie bei dem Gedanken an Bellas Welpen Mühe hat, nicht einfach loszuheulen. Deshalb ist es ganz gut, dass er noch etwas anderes zu erzählen hat, um Alex abzulenken. Außerdem brennt er die ganze Zeit schon darauf, seine Geschichte endlich loszuwerden! Aber er muss es so spannend wie möglich machen, damit Alex auch wirklich kapiert, wie böse es für ihn und Dusty ausgesehen hat. Und dass sie nur davongekommen sind, weil Dusty der schlaueste Hund auf der Welt ist. Und weil Paul selber es ohne Weiteres auch mit irgendwelchen Doppelnull-Spezialagenten aufnehmen könnte …

»Äh«, setzt er an, als Alex wieder schnieft. »Da ist übrigens noch was, was du unbedingt wissen musst. Es ist wichtig, verstehst du? Sehr wichtig sogar. Weil es sein kann, dass wir da demnächst ein Problem haben. Aber vielleicht auch nicht. Es kommt ein bisschen darauf an, ob …«

»Paul!«, unterbricht ihn Alex und wedelt mit der Hand vor ihrer Stirn hin und her. »Ich bin zwar traurig wegen Bella und ihren Welpen, aber ich bin nicht bescheuert. Wenn du mir was erzählen willst, dann mach das, aber hör auf, erst noch lange irgendwelches Zeug zu labern.«

»Ist ja gut«, sagt Paul beleidigt. Das war's dann also damit, dass er seine Geschichte noch ein bisschen spannender machen wollte, denkt er. Aber Alex wird sich trotzdem gleich wundern!

»Dusty und ich sind im Moor überfallen worden«, platzt er heraus. Und dann redet er erst mal nicht weiter, sondern blickt zu den Wolken hinauf und tut so, als ob er schon wieder vergessen hätte, dass er überhaupt irgendwas gesagt hat.

Bis Alex deutlich genervt sagt: »Und weiter? Jetzt erzähl schon!«

»Dusty hat schon vor mir gewusst, dass irgendwas nicht stimmt«, fängt Paul seine Geschichte an. »Bei den Reifenspuren oben an den Felsen …«

Alex hört ihm jetzt mit offenem Mund zu. Als er die Typen mit den Tarnfleckhosen und den Kapuzenpullis beschreibt, nickt sie und sagt: »Ja, das sind dieselben, die ich auch getroffen habe. Und einer von ihnen hatte ein Piratentuch mit Totenköpfen drauf, richtig?«

»Das ist der Anführer von der Bande«, bestätigt Paul und erzählt weiter, wie die Typen ihm und Dusty von beiden Seiten den Weg abgeschnitten haben. Und dass der Anführer Pfefferspray dabeihatte und gedroht hat, Dusty eine Ladung ins Gesicht zu sprühen.

»Voll fies, echt!«, ruft Alex empört.

Und als Paul zu der Stelle kommt, an der Dusty erst den Anführer reingelegt hat und dann auch noch den Typen mit dem Stock, springt Alex auf: »Super, Dusty! Du bist echt der Größte!«

Dusty bellt, als ob er sie genau verstanden hätte. Und auch Bella macht kurz die Augen auf und wedelt mit der Schwanzspitze, bevor sie sich einmal im Kreis dreht und sich dann wieder hinlegt, um weiterzuschlafen.

»Und dann seid ihr einfach abgehauen, oder was?«, fragt Alex.

»Na ja, zwei von den Typen sind in den Moortümpel neben dem Weg geklatscht, aber leider gleich wieder rausgekommen. Und natürlich waren sie alle voll sauer auf uns und haben uns verfolgt. Sie waren echt schnell, und ich hatte ein bisschen Schiss, dass sie uns dann vielleicht auf dem Weg durch den Wald doch noch erwischen. Ziemlich coole Bikes, die sie alle haben, schneller jedenfalls als meins. Deshalb dachte ich, es ist besser, wenn sie gar nicht erst losfahren können. So was wie Plan B, verstehst du?«

»Nee, kein Wort!«, keucht Alex atemlos vor Aufregung. »Was hast du gemacht?«

»Du weißt, wie schmal die Brücke da ist? Da passt immer nur einer drauf, und Dusty hat sofort kapiert, was ich will, und hat die Typen nicht rübergelassen. Du hättest ihn sehen müssen, wie er geknurrt und gebellt und mit gefletschten Zähnen die Brücke verteidigt hat. Die Typen hatten null Chancen!«

»Aber dann? Ich meine, wie seid ihr dann da weggekommen, ohne dass sie …«

Paul grinst. »Während Dusty sie in Schach gehalten hat, habe ich mal eben die Ventile aus ihren Reifen geschraubt und in den Graben geworfen.«

»Puh!«, macht Alex. »Super, echt! Wahnsinn!«

Sie beugt sich zu Dusty und drückt ihm einen Kuss aufs Ohr. Und noch bevor Paul überhaupt kapiert, was sie macht, hat er ebenfalls einen Kuss bekommen! Auf die Wange.

Er merkt, wie er rot wird, und blickt schnell wieder zu den Wolken hinauf.

Bis Alex laut sagt: »Mist! Das ist gar nicht gut. Du weißt, was das bedeutet, oder?«

»Was?«, fragt Paul. »Was meinst du?«

»Die Typen waren doch wahrscheinlich schon im Moor voll sauer, weil Dusty sie reingelegt hat, oder?« Ohne Pauls Antwort abzuwarten, redet Alex gleich weiter. »Und jetzt werden sie sich unter Garantie auch noch dafür rächen wollen, dass sie ihre Bikes nach Hause schieben mussten und neue Ventile brauchen. Okay, sie wissen zum Glück nicht, wo ihr wohnt, du und Dusty, aber das kriegen sie bestimmt raus. Sie sind zu dritt, sie brauchen sich nur aufzuteilen und ein bisschen rumzufragen.«

Paul merkt, wie ihm heiß wird. Aber Alex hat natürlich recht!

»Wir brauchen einen Plan«, sagt Alex.

Paul schüttelt den Kopf. »Es ist besser, wenn du dich da raushältst. Die Bande weiß ja nicht, dass wir uns kennen. Und es ist ja auch mein Problem und nicht deins.«

»Quatsch«, faucht ihn Alex an. »Jetzt komm mal wieder runter! Schließlich sind wir Freunde, oder? Und zwar ziemlich beste Freunde, würde ich sagen! Aber nur wir beide sind trotzdem zu wenig.« Alex beißt sich auf die Unterlippe, bevor sie erklärt: »Ich weiß, was wir machen. Morgen bist du ja erst mal auf dem Ausflug, da gibt es kein Problem. Aber dann werden wir Hilfe brauchen. Lass mich mal machen, ich weiß auch schon, wen wir fragen. Ist doch wohl klar, oder?«

»Vergiss es«, sagt Paul. »Es sind Ferien! Und die sind alle im Urlaub …«

»Nicht alle«, sagt Alex.

Er schreckt jedes Mal aus dem Schlaf hoch, wenn Paul sich wieder von einer Seite auf die andere wirft. Und dabei hat er ihn jetzt schon zweimal getreten!

Er streckt sich und gähnt. Dann springt er vom Fußende des Bettes auf den Boden und bleibt eine Weile ganz still im Dunkeln stehen. Irgendwo knackt ein Holzbalken und draußen fährt ein Auto vorbei. Er sieht, wie die Scheinwerfer über die Wand und die Decke huschen!

Im Zimmer nebenan hustet Karlotta. Es hat ewig gedauert, bis sie eingeschlafen ist. Weil sie immer wieder ihren kleinen Rucksack neu gepackt hat. Und dann hat es noch Ärger gegeben, weil sie vor Aufregung vergessen hatte, ihre Kaninchen in den Stall zu bringen.

Aber er hatte die Kaninchen die ganze Zeit beobachtet, als sie im Garten über die Wiese gehoppelt sind. Und als der große Raubvogel auf dem Zaunpfosten gelandet ist, hat er so lange gebellt, bis der Vogel mit seinem krummen Schnabel und den gelben Augen wieder weggeflogen ist. Dafür ist Peter aus dem Haus gekommen und hat gesehen, dass die Kaninchen nicht im Stall waren …

Als Karlotta im Bett war, hat Paul mit seiner Mutter Pizza gebacken. Allerdings ohne Käse oder Wurst, er hat genau aufgepasst!

Und dann hat Paul sich vor ihn gehockt und erklärt: »Die Pizza ist eine Überraschung. Für morgen! Aber keine Angst, ich nehme noch ein bisschen Futter auch für dich mit …«

Er hat keine Ahnung, wo sie hinwollen. Aber Hauptsache, er darf mit.

Plötzlich schreit Paul im Schlaf auf: »Haut ab! Nicht, lasst das!«

Mit einem Satz springt er wieder aufs Bett. Aber diesmal legt er sich nicht ans Fußende, sondern schiebt seine Schnauze neben Pauls Kopf auf das Kissen. Paul legt den Arm um ihn und atmet endlich ein bisschen ruhiger, sodass er auch schlafen kann.

10. Kapitel

Es ist zehn Minuten vor neun. Paul und Dusty sind gerade auf dem Parkplatz vom alten Waldschwimmbad angekommen. Der VW-Bus mit Karlottas Gruppe ist noch nicht da. Auch sonst ist weit und breit niemand zu sehen. Wobei es Paul völlig egal wäre, wenn außer ihm noch irgendwelche anderen Radfahrer hier auftauchen würden. IRGENDWELCHE! Solange es nur nicht die Typen von der Bande sind …

Er blickt sich noch mal um, dann schiebt er sein Rad an den Zaun. Es gibt keinen Grund, nervös zu sein. Schließlich hat Alex ihn ja noch gestern Abend angerufen, um zu erzählen, dass sie mit Hannes gesprochen hat. Hannes ist der große Bruder von Lukas. Und Lukas ist ein Freund von Paul und Alex. Mehr von Alex eigentlich als von Paul. Weil Lukas eifersüchtig auf Paul ist. Weil Alex mehr mit Paul rumhängt als mit ihm. Aber trotzdem würde Lukas Paul auch helfen, wenn Paul Ärger hätte. Nur im Moment nützt das gar nichts, weil

Lukas mit seinen Eltern im Urlaub ist. Irgendwo ziemlich weit weg, in Spanien oder Portugal. Paul hat vergessen, wo genau.

Aber zum Glück ist Alex ja eingefallen, dass Lukas' großer Bruder zu Hause geblieben ist. Sie haben ihn nämlich vor ein paar Tagen gerade noch zufällig vor dem Eiscafé in der Stadt getroffen.

Und Alex hat völlig recht gehabt mit ihrer Idee: Hannes ist genau der, den Paul gerade braucht! Weil Hannes sogar noch älter ist als die Typen von der Bande. Und Hannes hat ein paar Kumpels, die ziemlich okay sind. Außerdem schuldet er Paul sowieso noch einen Gefallen wegen einer Sache, bei der Paul ihm mal geholfen hat.

»Er hilft uns«, hat Alex Paul gestern am Telefon erzählt. »Er sagt, dass er auch jemanden aus der neuen Siedlung kennt, mit dem er mal reden will. Weil der wahrscheinlich weiß, wer die Typen von der Bande sind. Alles paletti, Paul! Du musst dir echt keine Sorgen machen.«

Das war gestern Abend. Und heute Morgen hat Alex schon wieder angerufen. Noch vor dem Frühstück. Um Paul noch mal zu sagen, dass er sich keine Sorgen machen muss. Weshalb Paul das Gefühl hatte, dass es eigentlich Alex ist, die ein bisschen Panik verbreitet. Blöd war nur, dass ihm dann sein Traum von letzter Nacht wieder eingefallen ist. In dem die Bande Dusty entführt und von Paul ein Lösegeld verlangt hat. Eine Million! Und wenn er nicht zahlt, würde er Dusty nie wiedersehen.

»Blöder Traum«, sagt Paul zu Dusty. »Und überhaupt, Alter, Lukas' Bruder wird das schon hinkriegen, dass uns die Typen in Zukunft in Ruhe lassen. Und heute müssen wir uns sowieso erst mal um Karlottas Freunde kümmern, hörst du? Das ist so ähnlich wie Schafe hüten, also genau der richtige Job für dich! Es darf unterwegs keiner verloren gehen, es darf keiner ins Moor fallen, und wir müssen alle wieder gesund in den Stall zurückbringen. Also nach Hause, meine ich. Oder zumindest zurück zum Parkplatz und in den Bulli. Der Bulli ist der Stall, alles klar?«

Dusty wedelt mit dem Schwanz und läuft ein paar Mal im Kreis um Paul herum, als könnte er es kaum erwarten, dass es endlich losgeht.

»Ganz ruhig, Dusty«, sagt Paul, während er für alle Fälle noch mal überprüft, ob die Überraschungspizza in seinem Rucksack den Transport zum Parkplatz gut überstanden hat. Wozu er natürlich die Lunchbox öffnen muss, in der die Pizzastücke sorgfältig übereinandergestapelt sind, immer mit einer Lage Alufolie dazwischen.

Dusty streckt die Schnauze vor, um ihm zu helfen.

»Sieht gut aus«, meint Paul. »Nur hier an dem Stück ist ein bisschen was abgebröckelt. Am besten nehmen wir das mal gleich raus. Qualitätskontrolle, verstehst du?«

Er teilt sich das Stück Pizza mit Dusty. Und wischt sich gerade noch mit dem Handrücken die Lippen sauber, als er sieht, wie Dusty unruhig die Ohren spitzt. Aber er hat es auch gehört! Wie Donnergrollen, irgendwo hinter der Stadt, weit weg.

Sein Vater hat noch beim Frühstück die Wetternachrichten auf dem Handy gecheckt. »Es bleibt den ganzen Tag heiß«, hat er gesagt. »Nachmittags besteht ein dreißigprozentiges Risiko für Gewitter, aber hoffen wir mal, dass euch das nicht erwischt, sechzehn Uhr steht hier, da seid ihr längst wieder zurück.«

»Gewitter«, sagt Paul jetzt zu Dusty. »Ist aber weit weg. Und kommt sowieso erst nachmittags hier an, wenn überhaupt.«

Gleich darauf sieht er den VW-Bus am Ende der Straße auftauchen. Die Erzieherin hat noch kaum geparkt und die Schiebetür aufgemacht, als Karlotta schon aus dem Bulli springt und zu Paul rennt.

»Dusty und du hättet gar nicht mit dem Rad fahren müssen«, plappert sie aufgeregt los. »In Babsies VW-Bus war genug Platz, weil nämlich Nathan krank ist. Und Nathans Mutter deshalb auch nicht mitkommt, ist ja logisch. Deshalb sind wir nur noch fünf Kinder. Und deshalb hat Babsie auch gesagt, dass wir trotzdem fahren, auch wenn sie jetzt die einzige Erwachsene ist. Aber du bist ja auch schon fast erwachsen«, setzt sie noch hinzu, und es klingt fast, als ob sie ausnahmsweise mal sehr stolz auf ihren großen Bruder wäre.

Dann kommt Babsie mit den anderen Kindern. Babsie heißt natürlich Barbara, aber als Paul »Guten Morgen, Barbara« sagt, schüttelt sie nur lachend den Kopf: »Babsie reicht vollkommen. – Du hast schon gehört, dass nur wir beide heute die Verantwortung haben?«

»Stimmt nicht ganz«, sagt Paul und grinst. »Sie haben gerade Dusty vergessen. Und Dusty ist ein Hütehund, der weiß genau, was er tun muss.«

»Na, dann kann ja nichts mehr schiefgehen«, lacht Babsie.

Dusty scheint genau verstanden zu haben, worum es geht. Als sie auf den Waldweg einbiegen, rennt er neben den Kindern auf und ab. Und als Emmi und Ronja ein paar Meter zurückbleiben, weil sie eine Ameisenstraße entdeckt haben und die Ameisen mit einem Stock in eine andere Richtung lenken wollen, wartet er neben ihnen. Bis es ihm zu lange dauert und er kurz bellt, damit sie hinter den anderen herlaufen.

Paul versucht, sich die Namen der Kinder zu merken, die ihm Babsie gerade aufgezählt hat. Aber er hat nur halb hingehört, weil Karlotta ihm gleichzeitig auch irgendwas erzählt hat. »Emmi und Ronja«, sagt Paul. »Und natürlich Karlotta. Aber die Jungen … Nathan?«

»Nathan ist der, der krank ist«, erklärt die Erzieherin noch mal. »Und die anderen beiden sind Ismael und Franz.«

Ismael scheint Paul so toll zu finden, dass er erst immer ganz dicht neben ihm herläuft. Und dann plötzlich seine kleine Hand in Pauls Hand schiebt. Woraufhin an der anderen Seite Franz auftaucht und ebenfalls an die Hand genommen werden will. Und dann behauptet Karlotta plötzlich lautstark, dass ihr großer Bruder das beste Wanderlied kennen würde, was es auf der ganzen Welt gibt. Also muss Paul auch noch singen!

»*Von den blauen Bergen kommen wir, unser Lehrer ist genauso doof wie wir. Mit der Brille auf der Nase sieht er aus wie 'n Osterhase …*«

Und nachdem die Zwerge erst mal den Text kapiert haben, singen sie begeistert mit.

Mann, Mann, denkt Paul, Erzieherin ist ja echt kein einfacher Job! Jedenfalls ganz bestimmt nicht, wenn man das jeden Tag machen muss.

Als sie an den Felsen vorüberkommen, gibt es noch mal ein bisschen Geschrei. Weil Emmi und Ronja unbedingt klettern wollen.

»Leute«, sagt Paul und merkt, dass er jetzt schon leicht genervt ist. »Wir wollen ins Moor! Und es ist noch ziemlich weit bis zu der Schutzhütte. Deshalb müssen wir uns echt beeilen. Sonst schaffen wir es nie bis zum Mittagessen. Aber ich verspreche euch, dass ich eine riesengroße Überraschung für euch habe! Zeige ich aber erst, wenn wir da sind, okay?«

»Was für eine Überraschung?«, will Ismael wissen.

»Moorgeister-Pizza«, sagt Paul.

»Gibt's nicht«, sagt Ismael.

»Gibt es wohl«, sagt Paul. »Aber nur, wenn wir vor zwölf an der Hütte sind.«

Paul ist selber überrascht, dass sein Trick funktioniert. Ismael macht sich tatsächlich von seiner Hand los und rennt vor den anderen her, die ihm kreischend folgen.

»Super«, sagt Babsie zu Paul. »Du machst das besser als die meisten Erwachsenen, die ich kenne.«

»Ich habe eine kleine Schwester«, erwidert Paul und grinst.

Im selben Moment sieht er den Radfahrer, der ihnen auf dem Weg entgegenkommt. Und da fängt auch Dusty schon an zu bellen!

Er kann sehen, dass Paul sich nicht freut, den Mann zu treffen. Und der Mann redet auch gar nicht mit ihnen oder Paul, sondern tut so, als würde er sie nicht kennen. Obwohl er ihm doch beim letzten Mal sogar ein Würstchen gegeben hat!

Aber jetzt blickt er nur ärgerlich auf die Kinder, weil er wegen ihnen von seinem Rad absteigen muss.

Die Erzieherin entschuldigt sich, dass sie ihm den Weg versperren.

»Das ist kein Kinderspielplatz hier«, brummt der Mann. »Haut ab, alle!«

Vielleicht hat der Mann ihn nicht erkannt und ist deshalb so unfreundlich, denkt er. Er drängt sich an Karlotta vorbei und setzt sich genau vor das Fahrrad. Jetzt muss der Mann ihn sehen.

»Mach Platz!«, ruft der Mann.

Den Befehl kennt er. Er legt sich platt auf den Boden. Bestimmt bekommt er jetzt ein Leckerli.

Aber der Mann dreht sich nur zu Paul um und schimpft: »Ruf endlich deinen Hund zur Seite!« Er blickt auf seine Uhr. »Es wird Zeit, dass ich nach Hause komme. In einer Viertelstunde ist es wieder so weit.«

Paul schiebt sich zwei Finger in den Mund und stößt einen kurzen Pfiff aus.

Er springt auf. Aber dann bleibt er neben dem Rad noch mal stehen, falls der Mann nur vergessen hat, ihm eine Belohnung zu geben.

»Dusty!«, ruft Paul ungeduldig.

Als der Mann sich auf sein Fahrrad schwingt, hat er für einen Moment den Gummistiefel genau vor der Nase. Und da ist ganz deutlich wieder dieser Geruch, den er neulich schon bemerkt hat. Und der ihn an irgendetwas erinnert, was mit Bella zu tun hat.

Der Mann sagt noch etwas zu Paul, was er nicht versteht. Dann kurvt er um die Kinder herum und verschwindet im Wald.

Paul starrt mit offenem Mund hinter ihm her. Und er riecht ganz deutlich, dass Paul Angst hat.

11. Kapitel

Sie sind gerade an der schmalen Brücke über den Moorkanal angelangt. Und Paul schafft es kaum, darauf zu achten, dass wirklich immer nur ein Kind hinter Dusty her zur anderen Seite hinüberläuft, wo die Erzieherin schon wartet und Dusty dann wieder zurückschickt, bis nur noch Paul selber übrig ist.

In der Mitte der Brücke bleibt er noch mal stehen und blickt sich unruhig um. Erst als er sich sicher ist, das niemand hinter ihnen herkommt, läuft er weiter zu Babsie und den Kindern.

»Was ist los mit dir, Paul?«, will Babsie wissen. »Du bist ja kreidebleich! Und du bist ganz heiß und deine Stirn ist ganz feucht.«

»Das ist nur das Wetter«, sagt Paul schnell. »Echt, wenn nicht Ferien wären, hätten wir heute unter Garantie hitzefrei!«

Es stimmt schon, dass es immer heißer wird, obwohl noch nicht mal Mittag ist. Aber in Wirklichkeit geht es nicht um das Wetter. Sondern um die beiden Sätze, die Willi noch zu ihm gesagt hat, bevor er weitergefahren ist: »Bestell deinen Freunden, dass sie sich nicht zu früh freuen sollen. Nur weil sie heute schneller waren als ich. Aber beim nächsten Mal erwische ich sie, wenn sie wieder ihren Müll hier überall hinschmeißen.« Und dann hat Willi mit zwei Fingern erst auf seine Augen und dann auf Pauls gezeigt.

Paul weiß natürlich, dass das heißen sollte: Pass auf, ich beobachte dich! Aber das ist ihm völlig egal. ER hat ja keinen Müll in die Gegend geworfen. Allerdings kann er sich schon denken, wen Willi mit seinen »Freunden« meinte. Offensichtlich hatte Willi die Bande gerade mit seinem Fahrrad verfolgt. Doch die Typen hatten ihn abgehängt. Das bedeutete aber, dass sie vielleicht immer noch hier in der Gegend waren!

Wieder blickt sich Paul nervös um. Im Moor können sie unmöglich sein, dann hätten ihre Bikes irgendwo an der Brücke stehen müssen. Vielleicht hat er noch mal Glück gehabt, und sie haben keine Ahnung, dass er mit Karlottas Gruppe zur Schutzhütte unterwegs ist …

Babsie tippt ihm von hinten auf die Schulter. »Geh mal ein bisschen langsamer, damit die Kids nicht hören, worüber wir reden.«

Paul wartet, bis der Abstand zu Karlotta und den anderen groß genug ist, dann fragt er die Erzieherin: »Was gibt's?

»Wie weit ist es noch? Also, was glaubst du, wie lange wir noch brauchen?«

»Wir kommen gleich zu einer kleinen Kreuzung, wo der Weg zum Aussichtsturm abgeht. Den wollte ich euch eigentlich zeigen, das finden die Zwerge doch bestimmt gut, wenn wir da hochklettern.«

»Und wenn wir den Turm weglassen – wie lange brauchen wir dann bis zur Hütte?«

Paul zuckt mit den Schultern. »Von der Kreuzung noch mal … eine Viertelstunde vielleicht, ist nicht mehr so weit.«

Er hat keine Ahnung, warum Babsie eindeutig nicht erst zu dem Turm laufen will, aber dann sieht er, wie sie an ihm vorbei über das Moor blickt. Und jetzt kapiert er, was sie meint.

Der Himmel über ihnen ist immer noch strahlend blau, mit ein paar weißen Wolken, die sich im Moorwasser spiegeln. Aber hinter dem Moor, zum Horizont hin, ist alles grau und verhangen.

»Da kommt eine Regenwand auf uns zu«, sagt Babsie. »Und so schwül, wie es ist, vielleicht sogar ein Gewitter. Vielleicht haben wir Glück, und das schlechte Wetter zieht vorüber, aber mir wäre es trotzdem lieber …«

»Schon klar«, nickt Paul. »Wenn wir rechtzeitig bis zur Schutzhütte kommen, kann uns nichts passieren. Dann warten wir einfach ab.«

Babsie nickt. Dann ruft sie die Kinder zurück. »Passt auf! Paul hat euch ja von den Moorgeistern erzählt, erinnert ihr euch noch? Gut. Und die sind hier überall. Hinter jedem Gebüsch und jeder Wurzel, die aus dem Wasser ragt. Eigentlich sind sie ganz nett, aber jetzt kriegen sie langsam Hunger. Und sie können so gut riechen, das sie genau wissen, dass Paul ja ihre Lieblingspizza in seinem Rucksack hat. Deshalb müssen wir jetzt ganz leise weiterschleichen, damit sie uns nicht hören. Und dann halten wir nicht mehr an, bis wir an der Hütte sind. Kapiert?«

Alle starren Babsie und Paul mit offenen Mündern an. Aber sie nicken, und als Babsie sich den Finger vor die Lippen hält und geduckt weiterschleicht, folgen ihr alle.

Aber so ganz klappt Babsies Plan dann doch nicht. Ismael fängt plötzlich an zu weinen.

»Ich hab einen Moorgeist gesehen«, schluchzt er. »Da! Er ist durchs Wasser geschwommen! Und er war grün und hatte ganz gelbe Zähne …«

»Quatsch«, erklärt Karlotta. »Es gibt doch überhaupt keine Moorgeister. Das hat sich Paul nur ausgedacht!«

»Aber ich habe auch einen gesehen!«, ruft Emmi.

»Ich auch!«, kommt es sofort von Ronja. »Und meiner war blau. Blau und rosa gestreift.«

Paul wirft Babsie einen Blick zu. Babsie hebt die Arme, als wäre sie es schon gewohnt, dass mit einer Gruppe Erstklässer nichts so läuft wie geplant.

Karlotta zupft Paul am Ärmel. »Dusty soll bellen und die Geister vertreiben«, flüstert sie.

Paul ist sich nicht sicher, ob sie inzwischen auch an die Moorgeister glaubt, die ihre Freunde angeblich gesehen haben. Oder ob sie gerade tatsächlich die richtige Idee hat, um alle wieder zu beruhigen. Aber egal, ihre Idee ist wirklich gut!

»Dusty!«, ruft Paul. »Komm her! Und jetzt bell, so laut du kannst. Pass auf: Eins, zwei, drei – und los! Bellen!«

Und Dusty bellt. Den Trick haben sie früher mal zusammen geübt. Nur so, aus Spaß. Deshalb weiß Dusty auch, dass er immer in die Richtung bellen muss, die Paul ihm zeigt. Zu den Birken hinüber. Zu dem Gestrüpp. Zu der kleinen Insel mitten im Moortümpel.

»Gut, Dusty, das reicht«, sagt er dann laut. »Jetzt

wissen die Moorgeister Bescheid, dass wir einen Hund dabeihaben«, erklärt er den Kindern. »Und deshalb tun sie uns natürlich nichts, sie haben nämlich Angst vor Hunden. Also können wir schnell zur Hütte rennen! Alle hinter Babsie her, los!«

Als sie an der Kreuzung sind, stutzt Paul. Das Schild fehlt! Beide Schilder. Sowohl das zum Aussichtsturm als auch das zur Hütte. Nur der Pfahl steht noch da.

Paul sagt nichts. Er weiß ja zum Glück ganz genau, dass sie nach rechts abbiegen müssen.

Sie schaffen es gerade noch so, bevor die ersten Tropfen auf den Boden klatschen. Der Himmel über ihnen ist von einem Moment auf den anderen fast schwarz, ein plötzlicher Windstoß biegt die Birken krumm und zerrt an den Schindeln der Hütte. Sie haben sich noch kaum auf den Bänken zusammengedrängt, als die ersten Blitze zucken. Paul greift schnell nach Dustys Halsband und drückt den Hund fest an sich, während er langsam die Sekunden zählt, bis der Donner grollt.

»Vier Kilometer noch«, ruft er den Kindern zu und versucht, seine Stimme klingen zu lassen, als würden sie gerade nur ein großes Abenteuer erleben. Als würde Dusty nicht am ganzen Körper zittern und leise winseln und Ismael nicht sein

Gesicht hinter den Händen verstecken und Babsie nicht bei jedem neuen Blitz schnell die Augen zusammenkneifen. »Alles gut, Leute! In der Hütte sind wir sicher. Und außerdem gibt's jetzt erst mal Pizza für alle. Los, anstellen!«

Paul packt die Box mit der Pizza aus. Aber er hat gerade erst den Deckel geöffnet, als ein zischender Knall die ganze Hütte erzittern lässt. Ein Blitz muss ganz in der Nähe eingeschlagen haben, das Gewitter ist direkt über ihnen!

Die Kinder drängen sich alle in der hintersten Ecke zusammen und klammern sich an Babsie. Und auch Paul hat sich so erschreckt, dass ihm der Appetit auf Pizza gründlich vergangen ist.

Der Regen trommelt so laut auf das Dach der Hütte, dass er sogar das Weinen und die ängstlichen Rufe der Kinder übertönt. Und jeder neue Windstoß fegt neue Wasserfontänen von draußen herein.

Wieder zuckt ein Blitz. Und wieder knallt der Donner wie ein Peitschenhieb. Paul kann kaum weiter als bis zu den Birken blicken, der Moortümpel vor der Hütte ist ein einziges Chaos aus kleinen schaumigen Wellen, die an den Uferrand klatschen.

Dusty hat sich unter einer der Bänke verkrochen, Karlotta streichelt ihn beruhigend. Sie weiß, dass

Dusty bei jedem Gewitter Angst hat. Zu Hause hat er sogar schon mal versucht, ins Bücherregal zu kriechen, um sich zu verstecken. Aber es ist gut, dass Karlotta etwas zu tun hat, denkt Paul. Da ist sie wenigstens abgelenkt.

»Sowie sich das Gewitter verzogen hat, machen wir uns auf den Rückweg!«, ruft ihm Babsie zu. »Der Regen hat ja bestimmt jeden Weg völlig durchweicht, das gibt auf jeden Fall nasse Schuhe und Strümpfe. Da ist es besser, wenn wir alle so schnell wie möglich zurück bringen. Bestimmt machen sie sich auch längst Sorgen, wie es um uns steht ...«

»Ich ruf mal schnell meinen Vater an«, sagt Paul und nickt. Aber im nächsten Moment fällt ihm ein, dass sein Handy zu Hause am Ladekabel hängt, weil der Akku nach den beiden langen Gesprächen mit Alex fast leer war. Und als Babsie mit ihrem Handy anrufen will, hat sie kein Netz!

»Klar«, sagt Paul. »Wir sind mitten im Moor. Und zwischen uns und dem nächsten Funkmast kommt erst noch der ganze Wald.«

Babsie schüttelt ihr Handy noch mal, als ob das vielleicht helfen würde, dann zuckt sie mit den Schultern und schiebt es zurück in die Tasche.

»Einundzwanzig, zweiundzwanzig«, zählt Paul

wieder die Sekunden nach dem nächsten Blitz. Und diesmal dauert es viel länger, bevor der Donner kommt. »Sechs Sekunden«, sagt Paul. »Also ist das Gewitter schon wieder sechs Kilometer entfernt! Wir können gleich los …«

Und genauso schlagartig, wie der Regen vorhin eingesetzt hatte, hört er jetzt auch wieder auf. Nur vom Dach der Hütte und von den Blättern der Birken tropft noch Wasser auf den Boden. Am Himmel jagen jetzt schwere dunkelgraue Wolken dahin und es ist kalt geworden. Richtig kalt! Fröstelnd zieht Paul die Schultern hoch.

»Alles klar, Paul?«, fragt Babsie. »Läufst du vorweg, weil du den Weg am besten kennst?«

Paul nickt. Dusty kommt schwanzwedelnd an und pinkelt auf die Holzstufen vor der Hütte. Als wäre alles wieder in Ordnung. Und als wäre er nicht eben noch der größte Schisser der Welt gewesen!

»Bei dir auch alles klar?«, fragt Paul seine kleine Schwester, die plötzlich neben ihm steht und nach seiner Hand fasst.

»Geht so«, antwortet Karlotta und zieht ihn nach unten, um ihm ins Ohr zu flüstern: »Ich glaube, Ismael hat sich in die Hose gemacht.«

»Darum kümmern wir uns später«, entscheidet

Paul. »Jetzt ist es sowieso egal! Wir werden alle nass, wenn wir durch die Matschpfützen laufen.«

Allerdings hat er nicht damit gerechnet, dass sie gerade erst ein paar Meter gelaufen sind, als ausgerechnet Ismael verlangt, dass Paul ihn auf die Schultern nimmt, um ihn zu tragen. Und als Paul zögert, fängt er wieder an zu weinen!

Paul droht seiner kleinen Schwester mit dem Finger, dass sie bloß nicht lachen soll, dann hebt er Ismael hoch. Zum Glück ist Ismael der kleinste von allen, aber er wiegt trotzdem so viel, dass Paul ein bisschen schwankt. »Okay, halt dich fest«, sagt er nur und hofft, dass Ismael nicht wieder irgendwelche Moorgeister entdeckt und vor Angst gleich noch mal pinkelt.

Karlotta drängt sich immer mal wieder an ihn und kichert.

»Merkst du schon was?«, fragt sie. »Wird es schon feucht am Rücken?«

Paul streckt ihr die Zunge raus. »Haha, sehr witzig!«

Als Paul sich umblickt, sind die anderen in einer langen Reihe dicht hinter ihm. Und während sie mitten durch die Pfützen latschen, kauen sie alle zufrieden auf ihren Pizzastücken, die Babsie noch verteilt hat.

Der Weg ist an einigen Stellen überschwemmt, Paul merkt, wie das Moorwasser in seine Turnschuhe läuft und bei jedem Schritt zwischen seinen Zehen hochquillt. Aber so weit ist es nicht mehr, sie müssen gleich wieder an der Kreuzung sein, wo der Weg zum Aussichtsturm abzweigt.

Dusty ist ein ganzes Stück vorgelaufen, aber irgendwas stimmt plötzlich mit Pauls Augen nicht. Dusty ist total unscharf, er hat Mühe, ihn überhaupt zu erkennen! Im selben Moment hört er Babsie von hinten rufen.

»Paul! Ist das Nebel, oder was?«

Und als er zu den Moortümpeln hinüberblickt, sieht er ganz deutlich die Nebelschwaden über dem Wasser. Erst nur wie feine Schleier, aber dann schnell immer dichter, bis er kaum noch weiter als ein paar Meter gucken kann.

Dusty taucht vor ihm aus der milchigen Suppe auf und legt fragend den Kopf schief. »Okay, Kumpel«, sagt Paul so laut, dass ihn alle hören können. »Wir bleiben ganz dicht zusammen. Und du bringst uns zur Brücke zurück, klar? Wir laufen einfach hinter dir her!«

Das Moor kommt Paul plötzlich gespenstisch vor – der Nebel ist wie ein dichter Vorhang, der alles verschwimmen lässt. Von einem Moment auf den anderen scheint es keine Farben mehr zu geben, die Geräusche um sie herum klingen seltsam dumpf. Als irgendwo ein Wasservogel krächzend auffliegt, kann Paul nicht entscheiden, ob das vor oder hinter ihm war, links oder rechts.

Dusty ist nicht viel mehr als ein dunkler Schatten vor ihm, dem er wie blind durch den Nebel folgt. Er spürt die Feuchtigkeit in der Luft, die sich kalt über sein Gesicht legt und unter seine Klamotten kriecht.

Die Kinder hinter ihm sind ganz still, nur manchmal hört er ein leises Schniefen. Und Ismael hat die Hände in seine Haare gegraben und wird mit jedem Schritt schwerer, aber Paul presst nur die Lippen zusammen und stapft weiter.

Karlotta zupft an seinem Sweatshirt. »Wie weit ist es noch?«, flüstert sie ängstlich.

»Keine Ahnung. Aber Dusty führt uns, er weiß genau, wo wir hinmüssen.«

Paul weiß noch nicht mal, ob sie schon an der schmalen Stelle vorbeigekommen sind, wo man aufpassen muss, dass man nicht im Morast versinkt.

Jetzt ist alles um seine Füße herum nur brackiges, braunes Wasser! Und er ist bei jedem Schritt froh, wenn sein Fuß wieder Halt findet und sie immer noch auf dem Weg sind. Er hofft nur, dass Dustys Nase sich nicht täuscht und sie bald raus sind aus dem Moor …

Als Dusty plötzlich stehen bleibt und warnend winselt, kann Paul gerade noch stoppen, bevor er über die steile Böschung nach unten stolpert und ins Wasser rutscht.

»Vorsicht!«, ruft er über die Schulter zurück. »Wir sind da, Dusty hat uns genau zum Moorkanal geführt. Irgendwo hier muss jetzt auch die Brücke nach drüben sein.«

»Fasst euch alle an den Händen und bleibt stehen«, ruft Babsie. »Keinen Schritt weiter. Paul muss erst die Brücke suchen.«

Paul hebt Ismael von seinen Schultern und wartet, bis Babsie ihn an die Hand genommen hat. Dann dreht er sich wieder um und versucht, in dem Nebel über dem breiten Kanal irgendetwas zu erkennen. Aber da ist nichts, kein dunkler Schatten, der auf die andere Seite führt, nichts. Nur graue Nebelschwaden.

Dusty rennt nervös an der Uferböschung auf und ab, mit der Nase dicht am Boden. Für einen kurzen Moment ist Paul überzeugt, dass Dusty sich verlaufen hat.

Erst dann bemerkt er, dass Dusty immer wieder

zu der Stelle zurückkehrt, an der irgendetwas Dunkles aus dem Gras aufragt. Er folgt Dusty und beugt sich vor, bis er das gesplitterte Holz genau erkennen kann.

Paul braucht nicht lange, bis er kapiert, was er da sieht. Das ist einer der Pfosten, an denen die Brücke befestigt war! Und irgendjemand muss mit Gewalt die Balken weggebrochen und die Brücke zerstört haben. Es gibt keinen Weg mehr zur anderen Seite hinüber.

Vor ihnen ist der Kanal. Und zu allen anderen Seiten hin das Moor mit seinen gefährlichen Tümpeln und den tiefen Morastlöchern, aus denen sich niemand mehr retten kann, wenn er darin versackt. Sie sitzen in der Falle!

»Paul?«, hört er Babsies Stimme aus dem Nebel. »Sind wir richtig oder hat sich Dusty verlaufen?«

Er hört noch, wie Paul hinter ihm ruft: »Nein, nicht, Dusty! Neiiin!« Aber da hat er schon die Pfoten abgedrückt und ist gesprungen. Das Wasser spritzt nach allen Seiten. Für einen Moment kriegt er keine Luft mehr, dann hat er den Kopf wieder oben und paddelt quer über den Kanal. Immer wieder bekommt er Wasser in die Nase und muss niesen, aber das andere Ufer ist nicht mehr weit, er kann schon deutlich die Böschung aufragen sehen. Ein paar Mal rutscht er auf den glitschigen Steinen wieder ab, bis er sich mit den Pfoten hochziehen kann.

Dann schüttelt er sich das Wasser aus dem Fell. Noch einmal blickt er zurück in den weißen Nebel, aus dem er jetzt wieder Pauls Stimme hört: »Hol Hilfe, Dusty! Lauf und hol Hilfe!«

Er bellt eine kurze Antwort und rennt los. Er hat genau verstanden, was Paul will. Aber dann ist er gerade erst an den Felsen, als er so schnell stoppt, dass er fast lang hinschlägt.

Gleich darauf hat er sich wieder hochgerappelt und folgt jetzt der Spur, die noch ganz frisch ist. Diesmal hat er den Geruch sofort erkannt, und er weiß ja, dass er sich beeilen muss, um Hilfe zu holen.

Deshalb ist es auch egal, dass er sich nicht ganz sicher ist, ob er dem Mann mit den Gummistiefeln wirklich trauen kann. Aber der Weg durch den Wald und bis zu den Häusern ist viel weiter, als wenn er jetzt hinter dem Mann herläuft und ihn zu der Stelle bringt, an der er eben durch den Kanal geschwommen ist. Und an der auf der anderen Seite Paul und Karlotta und die Kinder auf ihn war –

Mit weit aus dem Maul hängender Zunge hetzt er weiter. Bis er etwas klappern hört! Und dann auch den Mann auf dem Fahrrad mit dem Anhänger hintendran sieht.

Der Mann fährt ziemlich schnell, aber er weiß, wie er ihn einholen kann. Er läuft einfach quer über die matschige Wiese! Und springt genau in dem Moment über den Zaun, in dem der Mann um die Kurve biegt.

Er stellt sich mitten auf den Weg und bellt, sodass der Mann nicht an ihm vorbeikann. Und als der Mann anhält, schnappt er mit den Zähnen nach der Hose über den Gummistiefeln und versucht, ihn in die Richtung zu zerren, aus der er gekommen ist.

Aber der Mann versteht nicht, was er will. Stattdessen schiebt er ihn mit dem Fuß zur Seite und ruft: »Hör auf zu kläffen. Ich kenne den Weg, lauf einfach hinter mir her!«

12. Kapitel

Als Paul Dustys Bellen hört, würde er am liebsten laut losheulen vor Freude. Aber dann blickt er nur zu Karlotta und hebt den Daumen. Und Karlotta flüstert: »Dusty ist echt der beste Hund, den es gibt.«

Inzwischen haben auch die anderen das Bellen gehört, das immer lauter wird. Aber obwohl der Nebel nicht mehr ganz so dicht ist und sie bis zu den Birken auf der anderen Seite des Kanals blicken können, ist Dusty nirgends zu sehen.

Paul ist der Erste, der kapiert, dass das Bellen aus einer ganz anderen Richtung kommt. Und als er den Kopf zur Seite dreht, sieht er Dusty auch schon auf sich zustürmen – auf derselben Seite des Kanals, auf der auch er mit Karlottas Gruppe unterwegs ist!

Paul kann gerade noch die Arme ausbreiten, als Dusty ihm schon in vollem Lauf entgegenspringt und zur Begrüßung mit der Zunge übers Gesicht leckt.

Dann begrüßt er Karlotta und dann der Reihe nach Babsie und alle Kinder. Bei Ismael braucht er ein wenig länger, weil er ihm nicht nur das Gesicht, sondern auch die Hose ableckt.

Während alle durcheinanderreden, hat Paul für einen kurzen Moment ein ganz blödes Gefühl. Weil es schon komisch ist, dass Dusty nicht drüben bei den Birken wieder aufgetaucht ist, sondern von ganz woanders kam. Vielleicht hat er gar keine Hilfe geholt, denkt Paul. Vielleicht ist er einfach umgekehrt und an irgendeiner anderen Stelle wieder zurück durch den Kanal geschwommen. Und wenn das so ist, muss ihm irgendetwas anderes einfallen, wie sie wieder nach Hause kommen. Und zwar möglichst schnell! Weil jetzt schon alle vor Kälte und Nässe zittern und so viel Angst haben, dass sie weinen …

Er beugt sich vor, weil er plötzlich meint, einen Schatten zwischen den Nebelschwaden zu sehen. Und der Schatten wird schnell größer, bis Paul den Mann auf dem Fahrrad mit dem klappernden Anhänger hintendran deutlich erkennen kann. Willi!

Willi bremst und steigt vom Rad. Ohne Babsie oder die Kinder zu beachten, zeigt er auf Dusty und sagt zu Paul: »Schlauer Hund. Aber er hat mir trotzdem die Hose zerrissen, hier!« Willi tippt mit dem Finger auf ein Loch dicht über seinem Gummistiefel. »Wollte unbedingt, dass ich mit ihm in die andere Richtung komme. Aber da war ich ja schon gewesen! Wusste ich ja, dass keine Brücke mehr da war. Musste ich über den Damm von der alten Torfbahn. Das wollte dein Hund aber nicht kapieren. Also doch nicht so schlau!«

So ganz versteht Paul ja nicht, wovon Willi redet. Aber klar ist zumindest, dass er noch einen anderen Weg kennt, wie man aus dem Moor wieder rauskommt. Und dass Willi extra mit dem Anhänger losgefahren war, als der Nebel kam. Weil er ja wusste, dass sie im Moor waren, und Angst hatte, dass sie sich vielleicht verlaufen …

»Ist gefährlich im Nebel!«, brummt er vor sich hin, während er ein Kind nach dem anderen hochnimmt und in seinen Anhänger setzt. »Gut, dass Willi euch gefunden hat. Jetzt gibt's gleich heißen Tee für alle, ein paar Kekse habe ich auch noch.«

»Aber … wo wollen sie uns denn hinbringen?«, stammelt Babsie. »Also unser Auto steht auf dem Parkplatz am alten Waldschwimmbad …«

»Zu weit«, erwidert Willi. »Erst mal Schuhe und Strümpfe trocknen. Hab Feuer im Ofen, ist schön warm.«

»Aber …«, setzt Babsie noch mal an.

»Kein Aber«, sagt Willi und wendet sein Fahrrad. »Wackelt ein bisschen!«, ruft er den Kindern im Anhänger zu. »Gut festhalten!«

Babsie und Paul laufen neben dem Anhänger her, Dusty umrundet sie schwanzwedelnd. Eine Weile bleiben sie oben auf der Kanalböschung, bis der Trampelpfad so schmal wird, dass der Anhänger schon gefährlich schief über das Gras holpert und jeden Moment umzustürzen droht.

»Festhalten!«, ruft Willi wieder. Er lenkt das Rad den Abhang hinunter und dann weiter zwischen den Nebelschwaden hindurch, die über den Moortümpeln hängen.

Ein paar Mal denkt Paul, dass sie unmöglich weiterkommen, weil da nur Morast oder Wasser vor ihnen ist, aber Willi scheint tatsächlich jeden Fleck hier im Moor zu kennen. Und er findet immer wieder einen Pfad, der trocken genug ist, sodass der Anhänger mit den Kindern nicht bis über die Räder im Matsch einsinkt.

Trotzdem müssen Paul und Babsie ihm abwechselnd helfen zu schieben und nach einer Weile fühlen sich Pauls Beine an wie Gummi. Und die Arme genauso. Aber eine Frage lässt ihm keine Ruhe, schon seit sie oben am Kanal langgelaufen sind.

»Was ist denn überhaupt mit der Brücke passiert?«, ruft er Willi zu. »Ich meine, wieso …«

»Habe ich mich geirrt, was?«, ruft Willi zurück. »Sind gar nicht deine Freunde, die den Müll überall hinschmeißen. Verfluchte Drecksbande! Haben die Brücke kaputt gemacht. Pfosten rausgebrochen und den Steg mit dem Geländer in den Moorkanal geworfen. Hab sie noch gesehen, war aber schon zu spät. Hab mir diesmal aber die Gesichter gemerkt. Die drei Randalierer erkenne ich wieder!«

»Sind das die, von denen Alex neulich erzählt hat, dass sie so gemein zu ihr waren?«, fragt Karlotta sofort.

Manchmal ist Paul verblüfft, was Karlotta alles mitkriegt. Und sich leider auch noch merkt! Und er ist froh, dass er keine Antwort geben muss, weil Willi im selben Moment von vorne ruft: »Wir sind da.«

»Wo?«, fragt Babsie und blickt sich um. Auch Paul kann beim besten Willen nichts weiter erkennen als ein paar vermoderte Birkenstämme, die aus dem Moorloch neben ihnen ragen.

Als er den nächsten Schritt nach vorne macht, bleibt plötzlich sein Fuß an irgendetwas hängen, und er stolpert.

»Sag ich doch«, sagt Willi und zeigt auf die beiden rostigen Eisenbahnschienen im Gras.

»Die alte Torfbahn«, flüstert Babsie.

Willi nickt. »Auf den Schienen haben sie früher Torf aus dem Moor abtransportiert. Wartet hier, ich komme gleich wieder.« Ohne zu erklären, was er vorhat, stapft er davon. Nach ein paar Metern schon ist er nur noch ein Schatten im Nebel. Gleich darauf hören sie alle ein schrilles Quietschen, wie von Metall auf Metall, und Willies lautes Fluchen: »Jetzt komm schon, du Mistding! Beweg dich endlich!«

Dann kommt ein Rattern aus dem Nebel. In immer kürzeren Abständen und immer näher, bis eine schwarze Wand auftaucht, die genau auf sie zurollt.

Babsie schreit erschrocken auf und die Kinder im Anhänger kreischen laut. Dusty springt mit gesträubtem Nackenfell auf die Schienen und bellt das ratternde Ding an. Paul will ihn gerade noch zur Seite ziehen, als es wieder schrill quietscht und das Ding langsamer wird. Und dann genau vor Dusty zum Stehen kommt. Dusty wedelt zufrieden mit dem Schwanz, als hätte er ganz alleine das Ding angehalten.

Jetzt erkennt Paul auch, dass es ein Wagen von

der alten Torfbahn ist. Aber keine Lore, sondern eigentlich nur ein flacher Holzboden mit ein paar Brettern vorne und hinten. Und einem großen Hebel mit zwei Handgriffen, den Willi hoch- und runterdrückt, wodurch er das komische Ding in Bewegung setzt.

»Keine Panik«, brummt Willi jetzt und springt auf den Boden. »Wir müssen die Draisine nehmen, geht nicht anders. Neben den Schienen ist nicht genug Platz fürs Fahrrad, der Damm durchs Moor ist zu schmal. Also los, alles umsteigen!«

Paul und Babsie helfen, die Kinder auf das flache Ding zu heben. »Dräsine«, sagt Babsie. »Wie Apfelsine!«

»Dräsine, Apfelsine«, fängt Karlotta an zu singen, bis alle mitmachen. Als auch Babsie auf die Draisine geklettert ist, wuchtet Willi noch sein Fahrrad und den Anhänger hinterher. Dann nickt er Paul zu. »Jetzt noch du und dein Hund!«

Paul pfeift nach Dusty. »Komm, Dusty, hopp!« Aber Dusty springt nicht, sondern bleibt zwischen den Schienen stehen und dreht den Kopf zur Seite. »Was ist los, Dusty?«, ruft Paul. »Jetzt komm schon!« Für einen Moment denkt er, dass Dusty sich vielleicht nicht traut, auf die Draisine zu springen, weil ihm das Ding mit seinem Gequietsche nicht geheuer ist. Aber das ist natürlich Quatsch! Dusty hatte ja auch keine Angst, genau vor der Draisine auf die Schienen zu springen, um sie anzuhalten …

Erst als Dusty unruhig zu winseln anfängt, sieht Paul, dass er immer wieder die Ohren spitzt. Jetzt hebt er auch die Nase, als wollte er versuchen, irgendetwas zu wittern. Und noch bevor Paul reagieren kann, dreht sich Dusty plötzlich um und rennt los. Auf dem Schienendamm weiter, aber in die falsche Richtung, wieder ins Moor hinein.

»Was ist das denn jetzt?«, schimpft Willi.

»Dusty!«, ruft Karlotta ängstlich. »Komm zurück!«

Paul schiebt zwei Finger zwischen die Lippen und pfeift. Aber Dusty ist schon im Nebel verschwunden. Jetzt ruft auch Paul laut seinen Namen. Und Babsie und alle Kinder. Und tatsächlich – plötzlich taucht Dusty wieder auf! Aber er kommt nur so weit auf sie zu, dass sie ihn sehen können. Dann bellt er und rennt erneut davon. Und diesmal können sie rufen, solange sie wollen – Dusty bleibt verschwunden.

»Er hat irgendwas gehört oder gerochen«, erklärt Paul. »Ich renne hinter ihm her und hole ihn zurück!«

»Halt! Stopp!«, ruft Babsie sofort. »Du kommst schön mit uns! Dusty findet auch alleine zurück, aber du läufst jetzt nicht wieder ins Moor und ...«

Den Rest versteht Paul nicht mehr. Auch nicht, ob Willi noch irgendwas ruft. Oder Karlotta. Aber es ist ja klar, was sie wollen. Er soll nicht hinter Dusty her. Nur dass das unmöglich ist. Er MUSS hinter Dusty her! Dusty rennt ja nicht zum Spaß zurück ins Moor. Irgendetwas muss da sein. Und als er eben zurückgekommen ist und gebellt hat, wollte er, dass Paul mitkommt ...

Während Paul über die alten Holzschwellen zwischen den rostigen Schienen rennt, hofft er nur, dass Willi die anderen trotzdem erst mal zu seinem Haus bringt, damit sie in Sicherheit sind. Aber was anderes kann Willi sowieso nicht machen, denkt er. Er lässt die Kinder garantiert nicht alleine mit Babsie im Moor, um hinter mir herzulaufen. Und wahrscheinlich finde ich Dusty ja auch gleich wieder, dann folgen wir einfach den Schienen hinter der Draisine her ...

»Dusty!«, ruft er immer wieder. »DUSTY!« Und alle paar Meter bleibt er kurz stehen, um in den Nebel rechts und links von sich zu horchen. Aber da ist nichts weiter zu hören als einmal der Flügelschlag einer Ente, die auffliegt oder auf dem Wasser landet. Doch, da ist noch ein anderes Geräusch! Paul beugt sich weit vor, bis er sich sicher ist. Das kann nicht so weit entfernt sein, es kommt ungefähr von der Stelle, an der er eben noch die Eule gehört hat. Als würde jemand mit der Hand oder einem Stock auf das Wasser schlagen!

»Dusty?«, ruft Paul. »Bist du da irgendwo?«

Im selben Moment, in dem Dusty anfängt zu bellen, sieht Paul auch die Spur im feuchten Gras. Genau hier muss Dusty von dem Schienendamm abgebogen sein. Vorsichtig steigt Paul ebenfalls nach unten. Sofort wird der Boden wieder so morastig, dass er mit den Turnschuhen tief im Schlamm einsinkt. Aber er erkennt auch ganz deutlich die runden Löcher, die Dustys Pfoten hinterlassen haben und die in schnurgerader Linie dicht am Rand eines Moortümpels entlangführen.

Dann hört er Dusty wieder bellen.

»Ich komme«, ruft er laut zurück. »Ich sehe deine Spuren, ich bin gleich da!«

Der Untergrund wird immer nasser. Jedes Mal, wenn Paul seinen Fuß wieder aus dem Matsch zieht, gibt es ein schmatzendes Geräusch. Und sofort füllt sich das Loch wieder mit schwarzbraunem Moorwasser, das nach Schlamm und verfaultem Holz stinkt.

Jetzt hat Paul ein Gestrüpp vor sich, die dornigen Zweige reichen bis in den Tümpel hinein. Aber da ist der Pfad eines Tieres, der sich zwischen den Dornen hindurchschlängelt. Paul bückt sich, weil er neben Dustys Spuren noch etwas anderes entdeckt hat – größer und tiefer, wie von einem Schuh!

Als Dusty wieder bellt und winselt, achtet Paul nicht mehr auf die Dornen, sondern hastet gebückt weiter, während ihm die Zweige durchs Gesicht peitschen und die Haut aufreißen. Und er ist noch kaum auf der anderen Seite des Gestrüpps, als er Dusty sieht.

Dusty steht so dicht an dem Rand des Moortümpels, dass er nur gerade so eben noch Halt für seine Pfoten findet. Er hat den Kopf weit vorgestreckt, mit der Schnauze dicht über dem Wasser. Und er jault und fiept abwechselnd, wie Paul es noch nie von ihm gehört hat. Aber er blickt auch nicht zu Paul hinüber, sondern auf den hellen Fleck zwischen den Grasbüscheln in dem Moorloch. Dann sieht Paul, wie plötzlich ein Arm aus dem Wasser kommt und mit der Hand verzweifelt auf die Oberfläche klatscht. Aber erst als sich auch der helle Fleck bewegt, begreift er, dass das blonde Haare sind!

»He!«, ruft er entsetzt. »He!!!«

Als sich der Kopf zu ihm dreht, braucht er einen Augenblick, bis er das schlammverschmierte Gesicht erkennt, das zu dem Jungen gehört, der da bis fast über die Schultern im Moor steckt. Und nur gerade noch den Kopf und die Arme bewegen kann.

»Hilf mir, bitte!«, dringt die klägliche Stimme des Jungen zu ihm, während er mit angstvoll aufgerissenen Augen zu Paul starrt. »Ich sacke immer tiefer ein, ich kann den Kopf nicht mehr lange über Wasser halten, mach schnell, hilf mir!«

Schon zweimal ist er mit den Vorderpfoten von der Kante abgerutscht und im Schlamm gelandet. Und jedes Mal sind stinkende Blasen aus dem schwarzen Modder aufgestiegen. Er weiß, dass er sich nicht weiter an den Jungen heranwagen darf, der im Wasser liegt und um Hilfe ruft. Sonst wird er selber versinken!

Aber er sieht auch, wie der Junge immer tiefer sackt. Und kaum noch genug Kraft hat, um die Arme aus dem Wasser zu heben und nach dem Ast zu greifen, den Paul ihm hinstreckt. Aber egal, wie sehr er sich abmüht, er bekommt den Ast nicht zu fassen …

»Du hast ihn gleich«, keucht Paul. »Nur noch ein paar Zentimeter! Los, jetzt mach schon!«

Paul klammert sich mit der freien Hand an ein Grasbüschel und beugt sich noch weiter vor. Und diesmal schafft der Junge es, den Ast festzuhalten. Aber als Paul ihn auf sich zu ziehen will, knackt es, und – der Ast bricht in der Mitte durch!

Der Junge schlägt verzweifelt mit der flachen Hand aufs Wasser und ruft Paul zu: »Hol mich hier raus, bitte! Lass dir irgendwas einfallen! Mach schnell, ich kann nicht mehr …«

Er sieht, wie Paul sich umblickt, bevor er plötzlich auf den weiß leuchtenden Stamm einer umgestürzten Birke zurennt, der halb im Wasser und halb auf dem Pfad liegt. Keuchend zerrt Paul an den Ästen, bis der Stamm sich endlich bewegt und Paul ihn über die Grasbüschel näher an die Stelle heranziehen kann, an der der Junge ist.

»Pass auf!«, ruft er dem Jungen zu. »Ich schiebe den Stamm jetzt so ins Wasser, dass du dich an ihm festklammern kannst.«

Der Junge schnieft nur laut und rudert wieder mit den Armen. Als Paul die Birke ins Wasser rollt, klatscht es laut. Paul gibt dem Stamm noch einen Schubs mit der Hand, aber der Stamm dreht sich im Wasser und treibt in die falsche Richtung, weg von dem Jungen!

»Nein!«, brüllt Paul. »Verdammter Mist!«

Paul wirf sich auf den Bauch und kriecht bis an die Kante, um nach dem Stamm zu greifen, aber es ist schon zu spät, die Birke ist schon zu weit entfernt.

Er hebt zögernd eine Vorderpfote, dann läuft er winselnd ein Stück am Ufer hin und her. Er darf nicht in den Matsch kommen, der Matsch ist gefährlich! Er muss also so weit springen, dass er im tiefen Wasser landet, wo er schwimmen kann.

Er streckt sich und spannt die Muskeln an, dann

drückt er sich mit allen vier Pfoten gleichzeitig ab. Und er ist noch kaum im Wasser gelandet, als er auch schon anfängt, mit den Vorderpfoten zu paddeln, und auf die Birke zuschwimmt.

Mit der Schnauze schiebt er den Stamm in die Richtung, in der der Junge wieder um Hilfe ruft. Und es klappt, der Junge krallt sich in die Äste und zieht sich mit den Armen auf den schwankenden Stamm, der immer wieder unter ihm wegrollen will.

Noch einmal drückt er den Kopf mit aller Kraft gegen die nasse Rinde, um den Stamm zum Ufer hin zu drehen. Wo Paul schon die ganze Zeit schreit: »Ja, super! Du schaffst das! Weiter! Noch ein kleines Stück näher, dann komme ich ran!«

Aber jetzt merkt er, wie seine Beine kaum noch genug Kraft zum Paddeln haben. Er schluckt eine ganze Ladung brackiges Moorwasser und unter den Hinterpfoten spürt er deutlich den morastigen Grund des Tümpels.

»Was machst du denn, Dusty?«, hört er Paul noch verzweifelt rufen. »Schwimm weiter, nicht aufhören! Schwimm!«

13. Kapitel

»Wie heißt du eigentlich?«, fragt Paul, aber seine Stimme ist kaum mehr als ein heiseres Krächzen. Und er keucht immer noch, und seine Hände und Arme zittern von der Anstrengung, als er den Stamm mit dem Jungen ans Ufer gezerrt hat. Fast hätte er es nicht mehr geschafft, auch Dusty wieder aus dem Moorloch zu ziehen! In letzter Sekunde hat er noch sein Nackenfell zu fassen bekommen, aber seine Finger waren von dem kalten Wasser so klamm, dass er zweimal wieder abgerutscht ist, bevor er Dusty weit genug über die Kante gezogen hatte. Er wird den Blick von Dusty nie vergessen, als er kurz vor dem Ertrinken war – diese Augen, die ihn verzweifelt und gleichzeitig voller Vertrauen angesehen haben. Als wollte er sagen: »Ich kann nicht mehr. Aber ich weiß ja, dass du jetzt da bist und mich retten wirst …«

Für einen Moment ist er irritiert, als er das Schluchzen neben sich hört. Bis er kapiert, dass es der Junge ist, der da weint. Der Banden-Chef!

»T…Tom«, bringt der Typ jetzt mit zitternder Unterlippe hervor. »Ich heiße … T…T…«

»Tom, schon klar«, sagt Paul.

Dann sagen sie beide eine Weile gar nichts mehr. Dusty schiebt seine Schnauze in Pauls Achselhöhle. Als Paul ihn an sich drückt, spürt er, wie der ganze Hundekörper zittert.

»Danke, dass du mich gerettet hast«, kommt es jetzt leise. Tom!

»Bedank dich bei meinem Hund«, erwidert Paul ebenso leise. »Ohne Dusty wärst du gerade abgesoffen.«

Im nächsten Moment stützt er sich auf die Arme und setzt sich auf. »Kannst du mir eigentlich mal sagen, was das mit der Brücke war? Seid ihr völlig bescheuert? Warum macht ihr so einen Scheiß? Und die Schilder habt ihr auch abmontiert, oder?«

Paul merkt selber, wie wütend er plötzlich klingt. Und er ist so sauer auf Tom, dass er nicht für eine Sekunde darüber nachdenkt, dass der andere ja viel älter und stärker ist als er selber. Und der Banden-Chef der Bande! Allerdings wirkt er im Moment auch eher wie ein Haufen Elend, so wie er da klatschnass und schlammverschmiert neben Paul liegt …

»Ich weiß, dass das nicht okay war mit der Brücke.«

»So nennst du das? *Nicht okay?* Mann, da waren Kinder unterwegs im Moor, die wegen euch nicht zurückkonnten! Kleine Kinder, kapierst du? Erste Klasse! Und meine Schwester war auch dabei, und die hatten Angst, wegen dem Nebel und dem Gewitter vorher, und wollten nur noch nach Hause. Aber dann war die Brücke weg!«

»Das mit den Kindern tut mir leid. Das wollten wir auch gar nicht. Wir haben den Scheiß ja nur wegen dir gemacht! Um uns an dir zu rächen. Weil du die Ventile bei unseren Bikes rausgeschraubt und weggeschmissen hast.«

»Vielleicht erinnerst du dich daran, was vorher war?«, ruft Paul empört, weil er das Gefühl hat, dass Tom gerade so tut, als ob alles nur Pauls Schuld gewesen wäre. »Wer hat Dusty und mir denn im Moor den Weg versperrt? Obwohl wir euch überhaupt nichts getan hatten …«

»Du hast ja recht.« Toms Blick flackert, als würde er es nicht wagen, Paul in die Augen zu sehen. »Sorry!«

Paul schüttelt nur wieder den Kopf. Tom soll jetzt bloß nicht denken, dass alles wieder okay wäre, wenn er kurz mal *Sorry* sagt!

»Und wieso bist du dann eigentlich alleine im Moor rumgelatscht?«, fragt er Tom dann. »Das macht doch überhaupt keinen Sinn!«

Als Tom nicht antwortet, hat Paul plötzlich einen Verdacht. Er beißt sich auf die Unterlippe und schluckt heftig, bevor er zwischen den Zähnen hervorstößt: »Du wolltest mir noch mal auflauern, um mir Angst zu machen, gib's zu. Oder mich verprügeln, weil du gedacht hast, von den Kindern kann mir sowieso keiner helfen. War es so, ja? Und was hast du mit Dusty vorgehabt? Na los, jetzt sag schon, ich hab dich was gefragt!«

»Du irrst dich«, antwortet Tom. »Es war alles ganz anders, glaub mir.« Er kann Paul immer noch nicht in die Augen blicken. Aber er streckt die Hand aus und fängt an, Dusty ganz vorsichtig zu streicheln. Und Dusty dreht den Kopf zu ihm – und leckt ihm mit der Zunge über die Finger!

Manchmal weiß Paul echt nicht, was er von Dusty halten soll. Als ob Tom jetzt so was wie ein Freund wäre!

Als Tom weiterredet, braucht Paul eine Sekunde, bevor er begreift, was genau der Anführer der Bande ihm da gerade erzählt: »Als wir die Brücke kaputt gemacht haben, war ja schon Nebel. Und als meine Kumpels lieber abhauen wollten, weil man echt kaum noch was gesehen hat … Na ja, ich habe gedacht, das können wir nicht machen. Auch wegen der kleinen Kinder und so. Deshalb bin ich alleine wieder zurück, um euch zu suchen.«

»Du bist … durch den Moorkanal geschwommen?«

Tom zuckt mit den Schultern. »Ging ja nicht anders, weil wir die Brücke plattgemacht hatten.«

Paul nickt. »Und dann?«, fragt er, obwohl er sich den Rest eigentlich schon denken kann.

»Hab ich mich verlaufen. Hab euch nicht gefunden. Hab ja auch nichts erkennen können im Nebel! Ich wusste auch nicht mehr, in welche Richtung ich muss und so. Den Tümpel hier habe ich erst gesehen, als ich schon drinlag in der Brühe. Ging mir erst nur bis zu den Knien, aber dann habe ich gemerkt, wie ich immer tiefer gesackt bin.« Er beugt sich zu Dusty und drückt sein Gesicht in Dustys nasses Fell. »Danke, du bist echt ein Superköter!«

»Vorsicht, ja?«, sagt Paul. »Das ist kein Köter, das ist ein Border Collie. Und er heißt Dusty.«

»Weiß ich doch. Ist aber nicht so mein Ding, nett zu sein und so. Aber schon klar, du und … Dusty … also, ihr habt mir das Leben gerettet. Das vergesse ich euch nicht. Ohne euch wäre ich jetzt …

keine Ahnung. Tot wahrscheinlich.« Jetzt blickt er Paul zum ersten Mal genau in die Augen. »Du hast noch was gut bei mir, Kumpel.« Er streckt die Hand aus, um sich mit Paul abzuklatschen. »Freunde?«

»Weiß ich noch nicht«, sagt Paul zögernd. Dann sieht er, wie Tom vor Nässe und Kälte zittert. Und wie bleich er ist. Als würde er jeden Moment ohnmächtig!

»Dein Piratentuch kannst du jedenfalls vergessen«, sagt Paul und grinst, während er nach Toms Hand fasst und sie drückt. »Dumm gelaufen. Aber deine Matschfrisur steht dir auch ganz gut! Ich glaube allerdings, wir sollten langsam mal machen, dass wir hier wegkommen! Kannst du aufstehen? Warte, ich helfe dir!«

Er kann das Quietschen schon hören, noch bevor sie wieder bei den Schienen angekommen sind. Das Geräusch ist fies und schmerzt in seinen Ohren, am liebsten würde er davonlaufen. Aber er weiß, dass mit dem Quietschen auch Hilfe kommt! Und sie brauchen Hilfe. Paul schwankt und stöhnt bei jedem Schritt und schafft es kaum noch, den anderen Jungen zu stützen und weiterzuschleppen.

Aber sie sind noch zu weit weg von den Schienen, der Mann mit dem quietschenden Wagen wird sie nicht sehen können. Und auch wenn Paul ruft, wird er es nicht hören …

Deshalb zögert er nicht länger, sondern rennt los. Genau in die Richtung, aus der das Quietschen kommt, das immer lauter wird, je weiter er mit hängender Zunge durch das Moor hetzt.

Jetzt sieht er die Schienen vor sich, wie zwei eiserne Schlangen, die nass glänzend im Nebel verschwinden. Gleich darauf taucht der Wagen auf.

Er bleibt stehen und fängt an zu bellen. Und dabei starrt er den Wagen an, um ihn zum Halten zu bringen. Aber der Wagen wird nicht langsamer, sondern kommt immer näher. Bis er schon ganz deutlich den Mann erkennen kann, der ihn entsetzt anstarrt und ihm irgendetwas zubrüllt! Was er bei dem Lärm, den der Wagen jetzt macht, nicht verstehen kann. Er will gerade zur Seite springen, als das Ding endlich hält. So dicht vor ihm, dass ihm der komische Geruch von den eisernen Rädern beißend in die Nase steigt.

Erst denkt er, dass der Mann jetzt wieder mit ihm schimpfen wird, weil er ihm den Weg versperrt hat. Aber diesmal lobt er ihn nur und sagt: »Kluger Hund! Also los, zeig mir, wo wir hinmüssen.«

Der Mann läuft dicht hinter ihm her, und es dauert nicht lange, bis sie Paul und den anderen Jungen gefunden haben.

»Dusty…«, flüstert Paul dicht an seinem Ohr. »Dusty!«

Er merkt, wie etwas auf sein Fell tropft, und als er Paul die Wange abschleckt, schmeckt es salzig. Deshalb stößt er Paul auch den ganzen Weg zurück zum Wagen immer wieder mit der Schnauze an, während der Mann den anderen Jungen trägt.

Und auch auf dem Wagen bleibt er ganz dicht neben Paul liegen!

Als sie durch den Nebel rollen, fängt der Mann plötzlich an zu schimpfen. Seine Stimme ist sehr laut, lauter noch als das Quietschen und Rattern des

Wagens. Und ein paar Mal droht er dem anderen Jungen mit der Faust. Aber der rührt sich nicht, sondern starrt die ganze Zeit nur vor sich hin.

Gerade will er ein Stück auf ihn zukriechen, um ihm über die Hand zu lecken, als er plötzlich etwas riecht. Der Geruch kommt von dem Mann, der schwitzend die Stange hoch- und runterdrückt, die den Wagen vorwärtsbewegt …

Er hebt die Nase und schnüffelt an der fleckigen Hose über den Gummistiefeln. Und diesmal erinnert er sich, woher er den Geruch kennt! Das ist der Geruch von dem winzigen, feuchten Fellknäuel, das Bella vor der Fuchshöhle bei sich hatte.

14. Kapitel

Als Willi den Wagen stoppt, kann Paul schon das Haus mit dem qualmenden Schornstein sehen. Sie waren kaum aus dem Moor draußen, als der Nebel weniger wurde, und über dem Wald auf der anderen Seite vom Haus ist der Himmel schon wieder leuchtend blau. Ohne das kleinste Wölkchen! Als wäre alles, was sie in den letzten Stunden erlebt haben, nur ein böser Traum gewesen, denkt Paul.

Aber es war kein Traum! Tom schafft es nur mit Mühe, von der Draisine zu klettern, so erschöpft ist er. Dustys Fell ist schlammverschmiert und Paul jeder tut jeder einzelne Knochen weh.

Aber sie haben noch mal Glück gehabt. Sie haben die Kinder aus dem Nebelmoor zurückgebracht, obwohl die Brücke kaputt war. Und sie haben Tom das Leben gerettet! Falsch, denkt er gleich darauf, es war nicht nur einfach Glück. Und nicht wir haben das hingekriegt, sondern Dusty. Ohne Dusty hätten wir das nie geschafft!

Er blickt hinter seinem Hund her, der schon

über die matschige Wiese zu Willis Haus läuft. Mit fliegenden Ohren und hocherhobenem Schwanz, der so schnell hin und her wedelt wie ein Propeller.

»Er freut sich«, stellt Willi fest. »Guter Hund. Und viel schlauer, als ich dachte.«

Dann packt er Tom hart am Ellbogen und stößt ihn vor sich her. Bis Paul sagt: »Lassen Sie mich mal, ich stütze ihn ein bisschen. Ich glaube, es geht ihm nicht so gut, ist ja auch klar, er wäre fast ertrunken.«

Tom wirft Paul einen dankbaren Blick zu und stützt sich schwer auf seine Schulter.

Willi brummt irgendetwas vor sich hin. Was klingt wie: »Geschieht ihm recht! Verdammte Drecksbande!« Aber er stiefelt jetzt neben Paul und Tom her, ohne Tom noch einmal zu stoßen.

Plötzlich merkt Paul, wie Willi immer langsamer wird. Und die Hände in die Hosentaschen schiebt. Und sie wieder rauszieht. Und zum Himmel hochblickt, sich am Bart kratzt, einen Kuhfladen mit der Spitze seines Gummistiefels in die Luft schleudert. Dann bleibt er stehen und sagt: »Ich lauf noch mal zur Draisine zurück. Hab was vergessen.«

Und Paul ist schlagartig klar, worum es geht. Willi hat unter Garantie nichts vergessen, aber er will nicht zu seinem Haus zurück!

Nur hat er sich das leider ein bisschen spät überlegt, denkt Paul. Dusty hat ja schon laut bellend angekündigt, dass sie zurück sind. Und Babsie steht mit der ganzen Bande am Zaun und wartet auf sie. Und da ist noch jemand, direkt neben Karlotta!

Paul kneift die Augen zusammen, um besser sehen zu können – das ist ganz eindeutig sein Vater! Der jetzt auch schon auf ihn zugestürmt kommt, während Dusty winselnd um Karlotta herumspringt.

»Ein Glück!«, stammelt Peter und kniet sich vor Paul, um ihn für einen Moment ganz fest in seine Arme zu nehmen. »Ich hab schon gehört, was los war. Mit der Brücke und so. Und das da ist …?« Er blickt zu Tom hinüber, der ihm ängstlich zunickt.

»Alles okay«, sagt Paul schnell. »Ich erkläre es dir später. Aber wieso bist du überhaupt hier?«

Peter erzählt in ein paar Sätzen, dass er sich schon Sorgen gemacht hat, als plötzlich das Gewitter aufgezogen ist. Und dann konnte er Babsies Handy nicht erreichen! Er hat es immer wieder und wieder versucht, bis er schließlich aus dem Büro nach Hause gefahren ist und sein Rad geholt hat, um sie zu suchen. Und er war gerade am Moorkanal und hatte entdeckt, dass die Brücke weg war, als Babsie ihn angerufen hat. Um zu sagen, dass sie in Willis Haus sind und sie den Kindern jetzt Kakao kocht und Willi ihnen selbst gebackene Kekse hingestellt hat.

Erst jetzt fällt Paul auf, dass Willi immer noch neben ihnen steht. Als er zu ihm blickt, hat er wieder die Hände in die Hosentaschen geschoben und tut so, als würde er weit hinten am Wald irgendetwas total Spannendes sehen. Als er bemerkt, dass Paul ihn anstarrt, sagt er: »War nicht gut, was ich da gemacht habe, weiß ich selber. Aber wenn man immer allein ist, kommt man auf dumme Gedanken. Wollte nur ein bisschen Gesellschaft haben, das ist alles. Hab gedacht, wenn er groß ist, können wir richtig gute Freunde sein. So wie du und dein Hund. Tut mir leid wegen der Sorgen, die ihr euch gemacht habt. Aber ist gesund und munter, das Kerlchen. Hab ihm alle halbe Stunde die Flasche gegeben.«

Paul blickt ratlos zu seinem Vater. Aber noch bevor Peter etwas sagen kann, dämmert ihm langsam, von wem Willi gerade geredet hat …

Inzwischen ist auch Karlotta da. Und Dusty springt immer noch winselnd um sie herum und versucht, das kleine Fellbündel abzulecken, das Karlotta dicht an ihren Bauch gedrückt hält. Paul erkennt eine winzige Schnauze, die schmatzend an Karlottas Finger saugt.

»Das ist Bellas Junges«, plappert Karlotta aufgeregt los. »Sie hatte nur eins, so was gibt's manchmal. Willi hat uns schon davon erzählt, als er uns mit der Draisine hierhergefahren hat. Weil das Kleine alle halbe Stunde die Flasche kriegt, aber Willi musste ja gleich wieder los, um dich und Dusty zu suchen. Bellas Kind war total süß, es hat in einem Karton gewohnt, gleich neben Willis Ofen, und ich habe ihm die Flasche geben dürfen! Ich habe ihm auch schon einen Namen gegeben, das hatte Willi nämlich vergessen. Willst du wissen, wie Paulchen heißt? Ups!« Karlotta hält sich die Hand vor den Mund. »Jetzt habe ich's verraten. Aber ich finde, das ist ein guter Name für einen kleinen Hund. Und weil du der beste Bruder auf der Welt bist und uns mit Dusty zusammen gerettet hast, ist mir Paulchen eingefallen …«

»Ist ein guter Name«, sagt Tom.

»Sehr guter Name«, meint auch Willi und klopft Paul auf die Schulter.

»Wir müssen ganz schnell Alex anrufen«, sagt Paul, und merkt, wie er wieder mal rot wird.

»Hab ich schon«, erklärt Karlotta. »Mit Papas Handy!«

»Sie ist gleich losgefahren«, sagt Peter. »Sie muss jeden Moment hier sein.«

»Und dann bringen wir Paulchen ganz schnell zu seiner Mutter!«, ruft Karlotta. »Damit er endlich mit seinen Eltern spielen kann. Außerdem muss seine Tante ihm natürlich ganz viel zeigen, das Haus, in dem er später mal wohnen wird, wenn er größer ist, und den Garten mit den zwei Kaninchen und …«

»Seine Tante?«, fragt Paul irritiert. »Was für eine Tante?«

Karlotta verdreht nur die Augen, als wäre er mal wieder ein bisschen schwer von Begriff. Und Dusty setzt sich genau vor ihn und legt den Kopf schief. Als wollte er sagen: He, ist doch wohl klar, wo mein Sohn später mal wohnen wird!

ENDE

© Ulrike Gerold

Jan Andersen ist ein Pseudonym des Autors Wolfram Hänel. Er lebt in Norddeutschland und hat über hundert Geschichten und Romane geschrieben, die insgesamt in dreißig Sprachen übersetzt worden sind. Schon als Junge hat er am liebsten Hundebücher gelesen – und natürlich hat er selber auch immer einen Hund gehabt, immer Border Collies! Er ist sich sicher, dass irgendwann der Tag kommt, an dem er mit seinem Border Collie zusammen am Tisch sitzt und der Hund plötzlich anfängt zu reden …

Mehr über Wolfram Hänel und seine Bücher:
www.haenel-buecher.weebly.com

Weitere Titel in dieser Reihe:

Dusty – ISBN 978-3-570-17139-4
Dusty in Gefahr ISBN 978-3-570-17339-8
Dusty – Komm nach Hause! ISBN 978-3-570-17414-2
Dusty und das Winterwunder ISBN 978-3-570-17556-9
Dusty – Gefährliche Ferien ISBN 978-3-570-17742-6

Bei diesem Buch wurden die durch das verwendete Material und die Produktion entstandenen CO_2-Emissionen ausgeglichen, indem der cbj-Verlag ein Projekt zur Aufforstung in Brasilien unterstützt.
Weitere Informationen zu dem Projekt unter:
www.ClimatePartner.com/14044-1912-1001

FSC
www.fsc.org
MIX
Papier aus verantwortungsvollen Quellen
FSC® C014496

Wir produzieren
Klimaneutral
ClimatePartner.com/14044-1912-1001
Druckprodukt

Verlagsgruppe Random House
FSC® N001967

1. Auflage 2020

Neumarkter Str. 28, 81673 München

Umschlagbild: Bente Schlick, www.benteschlick.com
Umschlagfertigstellung:
init Kommunikationsdesign, Bad Oeynhausen
ck · Herstellung: BO
Satz: KompetenzCenter, Mönchengladbach
Druck: GGP Media GmbH, Pößneck
ISBN 978-3-570-17748-8
Printed in Germany

www.cbj-verlag.de
Dieses Buch ist auch als E-Book erhältlich.

Jan Andersen

Dusty – Freunde fürs Leben

208 Seiten, ISBN 978-3-570-17139-4

Als Paul eines Tages allein unterwegs ist, lauert ihm eine Bande auf. Sie wollen sein Geld, und Paul weiß: Gegen die hat er keine Chance. Doch da taucht plötzlich dieser völlig verwilderte Hund auf – und schlägt die fünf Typen in die Flucht. Von dieser Minute an weicht der Hund dem Jungen nicht mehr von der Seite. Paul spürt genau, dass Dusty auf der Suche ist. Aber wonach? Und warum nennen ihn die Leute den „Killerhund"? Schritt für Schritt kommt Paul einem schrecklichen Geheimnis auf die Spur. Er ist sicher, dass Dusty unschuldig ist. Aber kann er es beweisen?

10303

www.cbj-verlag.de

Jan Andersen

Dusty – Gefährliche Ferien

192 Seiten, ISBN 978-3-570-17742-6

Ferien am Meer! Dusty ist der glücklichste Hund der Welt, wenn er mit Paul und Alex stundenlang am Strand herumtollen kann. Paul will unbedingt eine Flaschenpost finden! Doch als die drei eines Tages einen Fischkutter bemerken, der dicht an der Brandung etwas über Bord wirft, ist ihnen klar: Hier geht es um mehr als eine harmlose Flaschenpost. Als dann ein Polizist am Strand auftaucht und den Flutsaum absucht, reißt Dusty sich plötzlich los und treibt den Mann mit seinem wütenden Gebell in die Flucht. Paul kennt seinen Hund gut genug, um zu ahnen, dass das kein Spiel war. Sein Detektivsinn springt an. Am Ende ist die idyllische Insel gar nicht so friedlich, wie sie scheint?

10437

www.cbj-verlag.de

Jan Andersen

Dusty

Paul und sein Border Collie Dusty sind unzertrennlich!

Zwei Freunde, ein starkes Team –
und jede Menge spannende Abenteuer

Dusty
in Gefahr
Band 2, 208 Seiten,
ISBN 978-3-570-17339-8

Dusty –
Komm nach Hause!
Band 3, 192 Seiten,
ISBN 978-3-570-17414-2

Dusty
und das Winterwunder!
Band 4, 160 Seiten,
ISBN 978-3-570-17556-9

10396_3

cbj

www.cbj-verlag.de